LES DEUX ROBINSONS

Par PIERRE ZACCONE

Je suis né sur les côtes de Bretagne, le 5 avril 1835. Mon père était un pauvre pêcheur de Saint-Jean-du-Doigt, qui, à l'époque où je vins au monde, n'avait d'autres ressources, pour soutenir sa nombreuse famille, qu'une misérable barque non pontée, une cabane tombant en ruines, et quelques filets que son hameçon et ses coquillages déchirés percés presque tout son temps à réparer. Nous étions six enfants, et, en ma qualité de dernier venu, j'avais accaparé la meilleure part de la tendresse de mes parents. Quand mon père rentrait de la côte, le soir, mourant de faim, trempé par la pluie, après une longue journée de fatigues et de dangers, tout en dévorant à la hâte le maigre et triste repas que lui servaient mes sœurs, il me prenait sur ses genoux, passait ses bras robustes autour de mon cou et m'interrogeait gravement sur l'emploi de ma journée. La voix qui me parlait alors était grossière et rude; mais les yeux qui me regardaient avaient une telle expression de douceur et de bonté, que, sans m'effrayer, je me mettais à raconter dans les moindres détails tout ce que j'avais fait, tout ce que j'avais dit, tout ce que j'avais vu durant le jour. L'enfance est facilement bataillarde quand on l'écoute; le récit était presque toujours fort long, et je n'avais pas fini, que déjà mes yeux se voilaient. Un bon gros baiser les fermait bientôt tout à fait, et je passais alors dans les bras de ma mère, qui allait me déposer sur ma couchette, placée aux pieds de son lit.

Ma mère...

O mon meilleur et mon plus doux souvenir!...

donnai, il m'introduisit dans le [illegible] et retournait l'habitation, et [illegible] son maître, qu'il allait prévenir de mon arrivée.

[illegible] sur un banc de gazon et j'attendis. [illegible], je n'étais nullement pressé, et [illegible] me trouvais me semblait si délicieux que j'y eusse volontiers passé une journée entière.

[illegible] des mûriers de la Chine tiraient au-dessus de ma tête leur feuillage épais, qui [illegible] des ardeurs du soleil; à quelques pas de moi, un bassin de marbre blanc, [illegible] jasmin à grandes fleurs, et dans [illegible] un lotus colossal trempait ses [illegible], entretenait en cet endroit une [illegible]reille, et des myriades d'oiseaux, [illegible]meraude et d'or, volaient de branche en branche, égayant de leur ramage le calme de cette oasis.

[illegible] les oreilles se trouvaient à la [illegible], et je sentis un bien-être inconnu [illegible] mes rêves.

[illegible] l'Inde que j'avais désirée, et [illegible] que la réalité prenait à tâche de [illegible] mes rêves.

[illegible] restai-je de temps dans cette ex[illegible] le dire. Ce dont je me sou[illegible], c'est qu'un grand mouvement [illegible] de moi me tira tout à coup de [illegible], et que j'aperçus peu après M. de Roquebrune qui venait à moi.

[illegible] était un vieillard d'une soixantaine [illegible]ron, dont l'œil plein de feu et la [illegible] et forte attestaient encore une [illegible]. Il me salua d'un geste [illegible]leux, et commençant en doux et [illegible]:

— [illegible] à vous, monsieur, me dit-il en français; ma fille nous suit, et nous [illegible] mettre en route.

[illegible] comte marchaient quatre esclaves qui portaient sur leurs épaules un palanquin dont les rideaux étaient hermétiquement [illegible]; les serviteurs se tenaient à droite [illegible], agitant de grands éventails en [illegible]; enfin, la marche était fermée par de nombreux portefaix, chargés de [illegible].

[illegible] dirigeâmes aussitôt vers le port, où une embarcation prête à recevoir [illegible] passagers.

[illegible] tapis avaient été étendus sur le [illegible] la chambre, une tente élégante [illegible], mes six matelots attendaient [illegible] de leurs bancs et les rames en l'air.

[illegible] avait réellement bon air, et je vis [illegible] était saillant.

[illegible], je n'avais point vu encore Mlle de [illegible], et je ne cacherai pas qu'à ce moment ma curiosité était vivement éveillée.

[illegible]quin venait de s'arrêter sur le quai. [illegible] pris la barre; le comte était resté [illegible] appuyé de son bras à sa fille, une [illegible], et j'allais la voir!

[illegible]cendit, en effet, du palanquin qui [illegible]là dérobée à vos regards, et bien [illegible] fis que l'entrevoir sous les plis [illegible] sari qui l'enveloppait, j'eus toutes [illegible] la monde à contenir ma surprise, et [illegible] ma place, frappé d'immobilité et de [illegible].

[illegible]quebrune était une délicieuse en[illegible] beauté n'a pas d'équivalent sous [illegible] brumeux ou notre ciel sans soleil. [illegible] de ce groupe de bronze qui l'en[illegible] m'apparut comme une [illegible], vi[illegible] laquelle se résumaient tout à coup [illegible] charmes, toutes les séductions, tous [illegible] de l'Inde... Des cheveux d'un blond [illegible] couvraient son front; elle avait deux [illegible]ndes et noires, d'où jaillissait parfois [illegible] d'une expression altière, et je ne [illegible] comparer à la grâce délicate de sa [illegible] n'est le petit nez aristocratique de [illegible] savais déjà que, chez la femme, la [illegible] à ces instincts naturels.

capricieux, qui participait en même temps du cygne et de la gazelle.

On avait disposé pour elle un siège commode, entouré de coussins; elle y prit place à [illegible] côté de son père, et quand je vis que tout était prêt pour le départ, sur un geste de M. de Roquebrune, je donnai le signal, et nous quittâmes le quai.

Il n'y avait pas la moindre brise dans l'air; l'onde était tranquille et calme; l'embarcation glissa rapidement vers le golfe bleu, et en peu de temps nous atteignîmes la Ville-de-Dieppe, où l'on nous attendait.

La première personne que je distinguai sur le pont fut Ernest Bergasse, dans un [illegible] des plus coquets, et je vis bien, à son [illegible] tageux et empressé, qu'il avait mis tout un plan de séduction à l'endroit de notre passagère. Mais, ce jour-là du moins, il en fut pour ses frais de toilette, car Mlle de Roquebrune eut à peine posé le pied sur le pont du navire, que, sans même daigner lui adresser un regard, elle courut se réfugier dans l'appartement qu'on avait préparé, à l'arrière, pour elle et pour son père.

Ernest Bergasse en éprouva un mouvement de dépit, et, faut-il le dire, je ne fus pas le seul à bord à le remarquer et à m'en réjouir.

Toutefois, comme des préoccupations autrement impérieuses réclamaient tout [illegible], je ne m'arrêtai pas à cet incident. [illegible] avait décidé que nous reprendrions [illegible] lendemain matin, et il nous fallut présider immédiatement à tous les préparatifs de l'appareillage. Chacun se mit donc à l'œuvre avec une activité sans pareille, et en moins de quelques heures nous étions prêts à partir.

Dès le lendemain, nous reprîmes donc notre vie de bord accoutumée, mais je n'arrêterai personne en ajoutant que le seul fait de la présence du comte et de celle de sa fille apporta quelque changement dans nos dispositions et nos habitudes.

Pendant les premiers jours, à peine si j'aperçus Mlle de Roquebrune. La chaleur fut excessive tant que nous [illegible] vînmes dans les eaux du golfe de Bengale, et ce n'est que le soir qu'elle put se [illegible] l'arrière du navire pour y respirer [illegible] mer.

Une fois seulement j'eus occasion de la voir.

Le soleil avait disparu déjà depuis quelques heures, des milliers d'étoiles étincelaient au ciel, et la lune, comme une lampe [illegible], baignait ses blondes rayons dans [illegible].

Le navire avançait sans soulever d'autre bruit que celui des lames légères qui caressaient ses flancs; les voiles pendaient [illegible] le long des mâts; pas un souffle, pas un murmure, et l'on se sentait bien seul entre le ciel et la mer, ces deux grands espaces muets, qui disent tant de choses au cœur qui les interroge!

Mlle de Roquebrune s'était nonchalamment allongée sur une sorte de lit de repos. Deux femmes noires, assises à l'autre bout de l'arrière, s'entendaient qu'un grelot [illegible] pour le mouvoir et caresser ses mains [illegible]; mais l'enfant ne songeait [illegible] avoir une volonté. Pénétrée, émue, [illegible] de ses impressions, par la magie du tableau qu'elle avait sous les yeux, elle [illegible] doute, à cette heure, cette voix in[illegible] lui parlait de l'infini... j'ai su [illegible] avait tant sa muette [illegible] et mystérieuse [illegible] mère, qui était morte en lui donnant [illegible], et peut-être, en ce moment, la [illegible] souriait dans quelque île rayonnante, [illegible] demandait-elle sa voix qui l'appelait dans [illegible] harmonieuses caresses de la brise.

Pendant une heure, je restai à la contempler, fixe, immobile, retenant mon [illegible] de peur de troubler l'air qu'elle respirait, [illegible] pendu à chacun de ses mouvements, [illegible] les deux esclaves qui l'accompagnaient.

Pour moi, et dès la première fois que je la vis, Mlle de Roquebrune me parut appartenir à un monde de matières supérieur ou [illegible]...

en souriant avec bonté, on m'a parlé de vous hier soir...

— De moi! balbutiai-je effaré.

Je n'oserais dire quelle idée folle me traversa l'esprit à ces paroles, mais je me sentis envahi par une rougeur subite.

— Vous êtes Breton? poursuivit M. de Roquebrune.

— De Saint-Jean-du-Doigt, monsieur le comte, répondis-je en essayant de me remettre.

— Eh bien! nous sommes compatriotes, mon ami... Les Bretons se retrouvent partout et en tout temps, fidèles au souvenir du pays, et j'ai été particulièrement heureux d'apprendre qu'il y avait près de moi quelqu'un avec qui je pourrais causer de ma chère Bretagne.

En parlant ainsi, le comte m'avait offert un cigare; puis, s'adossant aux bastingages, il continua tout en fumant:

— Ce n'est pas, dit-il, que je me rappelle beaucoup votre pays; j'étais trop jeune quand je le quittai, et je n'ai jamais voulu y retourner depuis. Mais le comte de Roquebrune, mon père, qui était plus Breton que moi, ne cessait de m'entretenir de ce qu'il regrettait tant, et c'est par ses récits que j'ai appris à aimer la Bretagne.

— Ne désirez-vous donc pas la connaître par vous-même, monsieur le comte? demandai-je uniquement pour donner la réplique à mon interlocuteur.

Je vis à cette question un nuage passer sur ses yeux.

— Certes, je le désirerais, répondit-il avec un soupir mal étouffé. Quelques proches parents me rappellent en France de leurs vœux, et s'il ne s'agissait que de moi!... Mais j'ai ma petite Blanche, une plante délicate née dans ces climats privilégiés, et qui pourrait souffrir de se trouver tout à coup et sans transition, transplantée sous le ciel homicide de l'Europe... Il lui faut l'air et le soleil de l'Inde, à cette [illegible], et elle mourrait de froid avant d'atteindre le 45e degré de latitude.

Le comte se tut, et je devinai au pli soucieux de son front que j'avais involontairement mis le doigt sur la plaie vive de son cœur.

[illegible] cette [illegible], M. de Roquebrune eut hâte de s'y soustraire.

— Et vous, mon ami, reprit-il presque aussitôt avec son sourire le plus bienveillant, j'ai appris avec plaisir de votre capitaine que vous étiez un sujet distingué, et que l'on tient ici en grande estime votre capacité et votre bonne conduite... C'est bien cela, mon enfant; c'est ainsi qu'il faut entrer dans la vie quand on veut être un homme, et croyez-en celui qui vous parle, les humains sont toujours rares... Vous avez choisi vous-même votre carrière, vous aimez votre métier; je suis heureux d'apprendre un jour que vous y avez fait votre chemin.

Ces paroles étaient dites avec un tel accent de sympathie et d'intérêt réels, que je me sentis ému jusqu'au plus profond de mon cœur, et que, par un mouvement irréfléchi, j'étendis les mains vers mon noble interlocuteur.

Ce dernier [illegible] sans doute que mon âme tout entière palpitait dans ces deux mains ou[illegible], car il les serra avec la plus affectueuse franchise et le plus cordial abandon.

— Ah! monsieur le comte, m'écriai-je dans l'effusion de mon être, combien je vous remercie de votre bienveillance; j'aurais voulu que mon [illegible] vous entendît.

Le comte fit un signe d'attendrissement.

— Vous appartenez à une famille de pêcheurs? ajouta-t-il.

[illegible] père est déjà vieux et fatigué, vous comprenez qu'il faut que je me hâte de faire fortune.

L'entretien en resta là pour cette fois, et je rentrai dans ma cabine.

III

Une nuit, nous étions tous sur le pont.

Le comte nous avait convié à prendre le thé, et nul n'avait manqué à l'invitation. Nous étions réunis à l'arrière, et nous fumions et causions d'un accent du meilleur aloi.

À quelques pas de nous, Mlle Blanche était assise, agitant d'une main nonchalante un éventail enrichi de perles et de pierreries et d'un travail d'artiste qui en rehaussait singulièrement le prix.

De temps à autre, elle tournait un regard distrait vers le groupe que nous formions; puis elle le reportait aussitôt vers le sillage phos[illegible]

[illegible]dres sources mystérieuses; c'est un sentiment solitaire qui n'a pas besoin d'aliment pour vivre; les obstacles l'irritent et l'exaltent sans l'abattre, et si le désespoir a pu quelquefois tuer l'honneur, il n'a jamais ébranlé l'amour!...

Oui, en écoutant la conversation qui s'était établie à mes côtés entre les différentes personnes que j'ai nommées, je m'abandonnais à ces réflexions qui, par instant, m'absorbaient tout entier, quand un cri perçât tout à coup à quelques pas de nous, et attira nos regards effarés vers Mlle de Roquebrune.

Chacun de nous, diversement impressionné, courut à la charmante enfant, que nous trouvâmes en larmes, et nous apprîmes bientôt la cause de son chagrin : le riche éventail qu'elle tenait à la main un instant auparavant et qui venait de lui échapper et était tombé dans le golfe.

Ce qu'elle regrettait, c'était bien moins en elle-même l'objet que le souvenir qu'il lui rappelait, et elle eût donné tout au monde pour qu'il lui fût rendu.

Mlle de Roquebrune n'avait pas achevé, que deux hommes se jetaient à la mer : c'était M. Bergasse et moi... La même mouvement nous avait emportés l'un et l'autre, et, pour ma part, malgré les difficultés de l'entreprise à cette heure de nuit, je ne désespérais pas de réussir.

Un point lumineux qui se jouait sur les flots à quelque distance de nous devint aussitôt notre objectif. Ce pouvait être un rayon de lune, ce pouvait être tout autre objet que l'éventail désiré, mais ce point nous avait attirés à la fois et nous nous dirigeâmes avec ardeur de ce côté.

J'ai dit que j'étais excellent nageur. J'avais appris à nager presque en même temps qu'à marcher. Une fois à l'eau, j'étais comme un poisson de plus à la mer : en cinq minutes à peine, j'atteignais le but vers lequel je tendais.

Toutefois, en dépit de la diligence que j'avais faite et quand je croyais avoir dépassé mon rival d'une dizaine de brasses au moins, j'entendis avec surprise sa respiration l-étre[illegible] mon épaule, et vis sa main s'étendre en même temps que la mienne vers l'éventail de Mlle de Roquebrune. Le second était presque aussi bon nageur que moi. Heureusement, j'étais plus près de l'objet convoité, et je pus m'en emparer avant lui.

En ce moment, la lune, qui nous avait éclairés jusque-là, vint se voiler tout d'un coup, et nous nous trouvâmes plongés dans l'obscurité la plus complète.

— Heureux, me dit brusquement Bergasse à voix basse et concentrée, vous allez me remettre cet éventail.

— Et pourquoi donc? répondis-je, assez étonné de la demande et de ton dont elle était faite.

— Parce que je le veux et que je vous l'ordonne! ajouta le second hors de lui et en essayant de me saisir le bras.

Mais j'avais vu le mouvement et je venais de faire quelques brasses dans la direction de La Ville-de-Dieppe. Bergasse me suivait de près cependant, et je ne sais vraiment ce qui serait advenu si l'obscurité n'avait cessé de nous envelopper. Mon adresse exigeait sans doute alors de mettre l'équipage, qui était chacun de nos manœuvres, dans la confidence de notre altercation, et il se résigna à me laisser poursuivre ma course sans ajouter une menace de plus.

Quant à moi, je n'avais pas attendu davantage, et, fier de l'avantage que je venais de remporter sur mon rival, heureux surtout de me trouver mêlé à une joie de Blanche, je regagnai le bord et montai sur le pont, aux applaudissements de tout l'équipage.

M. de Roquebrune vint me remercier avec effusion, et je me hâtai de me soustraire aux éloges que l'on me prodiguait.

Je rentrai dans ma cabine, et comme la nuit était assez avancée, je me jetai sur mon lit, où je fus longtemps à attendre le sommeil.

Malgré l'immense satisfaction que j'éprouvais de l'issue de cet incident, je n'étais pas tout à

Mes incertitudes à ce sujet ne devaient pas durer longtemps.

Le lendemain matin, en effet, comme j'achevais de m'habiller pour me rendre sur le pont, j'entendis frapper à ma porte.

Je fis comme un pressentiment.

Et quand la porte se fut ouverte sur mon invitation et que j'aperçus Ernest Bergasse, aucun étonnement ne se peignit sur mes traits. C'était bien lui que je m'attendais à voir entrer.

Le second me fit un salut froid et hautain, et j'oubliai à dessein de lui rendre son salut, qui me sembla presque irréalisation.

— Monsieur, me dit Bergasse d'un ton impertinent, la colère d'hier doit avoir une suite naturelle que votre inexpérience n'avait peut-être pas prévue; mais quand on vise à devenir un héros de roman, il faut en avoir toutes les qualités, y compris le courage, et je serais curieux de savoir quelles sont celles qui vous manquent.

Le rouge de la colère envahit mon visage à cette brusque provocation, et je ne sais ce qui me retint de sauter à la gorge de mon interlocuteur.

Mais j'eus assez de force sur moi-même pour me contenir, et j'en remercie Dieu encore en ce moment.

— Monsieur, répondis-je d'une voix où tremblait tout mon cœur révolté, j'ignore avec quelle subtile et ridicule pensée vous vous a à moi, mais si vous avez cru m'effrayer avec des paraîtres et des gestes de matamore bordelais, vous vous êtes singulièrement trompé, et vous pourrez, quand vous voudrez, en faire l'expérience.

Un sourire dédaigneux plissa les lèvres de Bergasse, et il fit un geste de satisfaction.

— Soit! dit-il, je ne demande pas notre [illegible], et j'espère qu'à notre première relâche je vous trouverai dans les mêmes dispositions.

— C'est donc un duel que vous me proposez?

— À Bordeaux, cela s'appelle ainsi, monsieur.

— Eh bien! à votre aise, et nous nous reverrons à Sydney!...

Cette fois, Bergasse me salua du bout des doigts, et se retira, me laissant seul, sourdement irrité, et ne sachant, à vrai dire, à qui m'en prendre de l'agitation que cette provocation avait soulevée en moi.

Un duel!... J'allais me battre... J'allais exposer ma vie!... quand là-bas, bien loin, toute une famille éplorée m'attendait et comptait sur moi!...

Quelques larmes mouillèrent mes yeux à la pensée de ma mère... mais j'étais aux prises avec un sentiment bien autrement puissant que l'amour filial, et quand l'image de [illegible] lui en place entre moi et l'horizon sublimement évoqué, tout disparut comme par magie, et je ne vis plus que la blonde fille de l'Inde qui me souriait et m'appelait!

J'avais à prise quitté le nid paternel que déjà j'oubliais les promesses sacrées que j'avais faites au départ.

Je sortis de ma cabine et je montai sur le pont pour donner le change à mes idées.

État de l'atmosphère avait sensiblement changé depuis la veille; le ciel était devenu ténébreux, un vent d'orage soufflait de l'ouest, et chassait par rafales une petite pluie fine et serrée. Je me trouvai sur le pont que les personnes dont le service y exigeait la présence.

J'en éprouvai une triste déception. J'aurais voulu épancher quelques-unes des peines qui emplissaient mon cœur d'amertume, et je retombais farouchement dans mon isolement; c'est en vain que je restai dans ma cabine et que j'essayai de prendre un livre; le livre me parut insipide et maussade, et, au lieu de lire, mon regard suivait obstinément les vagues longues qui s'allaient impétueusement.

Toute la journée s'écoula dans ces disposi-

je n'en avais pas vu jusque-là.

L'image dans l'obscurité la plus profonde, je ne distinguais rien autour de moi, et je n'entendais que les sifflements aigus du vent dans les cordages ou les mugissements des vagues contre le navire. Rien n'est sinistre comme de pareils tableaux. Au milieu de ces nuits pleines de périls ou de pièges invisibles et noires jusqu'à vous rendre aveugle, quand les éléments déchaînés font évoquer du sommet à la base le frêle édifice sur lequel votre pied oscille et chancelle, quand surtout vous vous rappelez qu'une planche de quelques centimètres vous sépare seule d'une mort sans espoir et sans témoins... le plus épouvantable des morts!... je défie l'esprit le plus robuste de ne pas ressentir un mouvement de trouble suprême ou de superstition épouvante.

Il n'y a que les marins éprouvés par la tempête qui sachent bien que Dieu existe!

Pendant ces heures silencieuses ou que je passai seul sur le calme ciel haute et désolée, je pensai bien souvent à Mlle de Roquebrune; jusqu'alors cependant toute crainte de danger était loin de mon esprit, mais à deux ou trois reprises, et par le fait d'une divination qui est sans doute un des privilèges de l'amour, un frisson courut sur ma peau, et je frémis de tout mon être à l'idée que, dans ces dangereux parages, quelque récif inconnu pouvait tout à coup déchirer les flancs de notre trois-mâts.

Quand vint le matin, je pris peu de repos. J'étais préoccupé et triste, et je remarquai même sur le visage du capitaine quelques indices d'inquiétude et d'agitation.

Aucun incident ne signala cependant cette journée. Seulement, le vent continua de souffler avec la même violence âpre, et le ciel, toujours couvert, pesa de ses nuages lourds et noirs sur l'immensité qui nous entourait.

Il était bien difficile de s'orienter au milieu d'un pareil désordre, et je crois que, dès ce moment, nous avions beaucoup dérivé de notre [illegible].

Deux ou trois fois, j'eus peur que M. de Roquebrune causait avec le capitaine. Il était plus attentif et parlait avec animation. Le capitaine essayait sans doute de le rassurer sur notre situation; mais la tourmente contredisait trop évidemment ses paroles pour que le comte pût y croire, et je le vis chaque fois se retourner plus pâle et plus soucieux vers sa fille.

Au surplus, tout le monde à bord reconnaissait à juger sérieusement la position. Ce trouble de l'atmosphère qui nous retenaient depuis quarante-huit heures n'était que l'annonce précurseur d'une tempête contre laquelle nous allions avoir à lutter. La mer, sourdement agitée, semblait lutter elle-même contre de [illegible] le calme suite des intermittences filiales, après lesquelles elle reprenait avec un redoublement d'acharnement; une fois enfin nous vîmes passer à quelque distance de nous un navire sans mâts, peut-être sans équipage, et chassant, déchiré, sur ses ancres. Ce tableau fut pour ceux qui le comprirent un triste présage de sort qui pouvait nous être réservé.

À l'approche de la nuit, il y eut cependant un moment de répit. Le vent tomba tout à coup, les vagues devinrent courtes et serrées, le ciel parut un instant voilé et se [illegible].

Chacun crut pouvoir respirer.

Je me trouvais à ce moment auprès du capitaine, en compagnie du lieutenant et de Bergasse.

Le capitaine resta là front à ces symptômes, fronça le sourcil, et, nous adressant un regard dont je n'oublierai jamais l'expression :

— Messieurs, nous dit-il d'une voix sous la fermeté de laquelle on sentait une profonde et solennelle émotion, il est possible que je me trompe, et je le souhaite ardemment; mais si mes prévisions se confirmaient, et que cette nuit dût vous livrer à la plus épouvantable des tempêtes, que chacun de vous fasse son devoir et on songe qu'aux intérêts confiés à son honneur n'oublions pas surtout que l'équipage compte sur nous, et que nous lui devons

plus épouvantable des suite !...

L'éclair déchirait le flanc sombre des nuages, le vent sifflait dans les cordages avec des mugissements funèbres, et les vagues, soulevées comme des montagnes, emportaient tour à tour dans leurs vallées profondes ou sur leurs crêtes élevées notre frêle esquif abandonné à lui-même.

L'ouragan nous entraînait, et Dieu seul savait où nous allions.

J'ai lu bien des descriptions de tempêtes et de naufrages, mais je n'en connais aucune qui puisse donner une idée de l'horrible désordre au milieu duquel nous nous trouvâmes en ce moment.

Le courage et le sang-froid deviennent inutiles là où la lutte est devenue impossible.

Trois ou quatre matelots, victimes de leur dévouement et de leur zèle, avaient déjà disparu, emportés par les lames furieuses qui balayaient le pont avec l'impétuosité d'un torrent ; le même sort nous menaçait tous sans qu'il y eût aucun moyen comme de le conjurer.

A travers la nuit impénétrable qui nous enveloppait, le plus prudent était encore de laisser faire la tempête. Le capitaine eut l'humanité de le comprendre, et dès ce moment tout l'équipage, rangé sur le pont et cramponné aux hastingages, attendit la fin du plus poignant de tous les drames.

Combien cela dura-t-il ?

Une heure peut-être. Nous comptâmes un

[...]

La tempête s'était apaisée, le ciel s'éclairait des premiers rayons du soleil ; la nature entière semblait revenir à la vie en revoyant la lumière.

Quand je rentrai dans la chambre où j'avais laissé Blanche, elle revenait à elle et rouvrait les yeux....

V

[...] et comme je la trouvai belle en la revoyant.

Une pâleur mate était répandue sur son visage, sa main pendait inerte le long du lit, et ses longs cheveux blonds, dénoués par les lames, encadraient sa tête dans un désordre confus et charmant.

Pendant qu'elle revenait à elle, et sans perdre aucun de ses mouvements, j'avais jeté un rapide coup d'œil sur la chambre où nous étions. J'y remarquai, avec moins de surprise que de joie, des marques récentes d'habitation, et ce qui me frappa le plus peut-être fut d'y trouver à ma portée toute une pharmacopée, qui pouvait m'être si utile en ce moment.

Je n'eus garde de perdre un temps précieux en étonnements ou en hésitations stériles, et quand Blanche ouvrit les yeux et fut rendue tout à fait au sentiment de la réalité, je pus lui offrir les breuvages ordinaires que la médecine des pays civilisés aurait ordonnés en pareille circonstance.

Mais ce n'était pas l'état de Blanche qui m'inquiétait le plus à cette heure, et j'espérais bien que sa santé n'aurait pas trop à souffrir des secousses qu'elle avait éprouvées.

C'est son cœur que je redoutais surtout, car je ne m'ignorais pas quel déchirement se ferait en elle dès qu'elle apprendrait la triste vérité.

dieuse inquiète et avide que j'épiais son retour à la vie.

Ainsi que je m'y attendais, sa première parole fut une question.

— Mon père! où est mon père? s'écria-t-elle d'une voix brisée comme un sanglot, et en parcourant la chambre d'un regard effaré.

Ses deux mains pressaient son front pour en faire sortir la pensée absente... Elle n'avait qu'un vague et confus souvenir de ce qui s'était passé. Elle me regardait sans me reconnaître, et, voyant que je ne lui répondais pas, elle repoussa brusquement le breuvage que je lui présentais et se souleva à demi.

— Mon père! mon père! répétait-elle, mais cette fois d'un accent plus ferme et avec un regard plus énergique.

Elle commençait à se rappeler.

La tempête de la nuit, le tonnerre, la chaloupe brisée, les lames furieuses qui l'avaient emportée, le drame épouvantable qui s'était accompli au milieu des ténèbres, tout cela se dessinait mieux dans sa mémoire, et elle eut en ce moment l'assurance de la vérité.

Le coup fut terrible. Elle ne s'y attendait pas. Il y eut même une seconde pendant laquelle un éclair fauve illumina son regard avec une expression de révolte et de défi contre le sort qui l'accablait. Mais elle était trop faible, trop jeune, trop aimante... Sa douleur devait facilement trouver une autre issue, et elle retomba presque aussitôt, la tête dans les mains, inondée de larmes et de sanglots.

Je n'avais jamais assisté au spectacle d'une si navrante douleur, et ici mon émotion s'augmentait encore de tout l'amour que mon cœur nourrissait pour Blanche!...

Je me jetai à genoux aux pieds de son lit, je mêlai mes larmes aux siennes, j'adressai au ciel mes plus ferventes prières, et je jurai par tout ce que je regardais comme sacré de veiller sur elle, et d'entourer sa vie du dévouement le plus absolu et de l'amour le plus pur!...

Mais qu'étaient-ce que mes paroles auprès de son amour éperdu?... Elle aimait tant le noble et bon vieillard qui l'avait élevée... elle ne l'avait jamais quitté... elle ne pouvait croire à la réalité d'une séparation... et par instants la foi naïve de ses jeunes années était bien près de s'échapper à travers les débris de son cœur déchiré.

Je ne savais quel langage tenir, ni quelle contenance faire. Elle repoussait impatiemment toute consolation; au lieu de s'apaiser, sa douleur semblait même s'irriter. Elle tordait ses bras avec désespoir, son œil devint hagard, elle prononça des paroles sans suite... J'eus sérieusement peur qu'elle ne devînt folle!...

J'allais et venais à travers la chambre, bouleversant tout ce qui me tombait sous la main, et j'aurais donné ma vie pour lui rendre un peu de calme. J'étais à bout de ressources, ma tête commençait à se perdre, et je ne sais ce que je serais devenu moi-même si l'accès de sa douleur n'avait déterminé une dernière crise plus violente que les précédentes, et à la suite de laquelle elle tomba enfin dans un état de prostration et d'insensibilité complet.

Je m'emparai vivement de sa main glacée, son pouls battait, mais bien faiblement, sa respiration soulevait péniblement sa poitrine, et quelques larmes muettes coulaient de temps en temps de ses yeux fermés!...

J'étouffais... Je m'éloignai un moment pour respirer; j'avais besoin d'air... Je sortis triste et abattu de l'habitation.

A quelques pas se trouvait le cadavre du comte... Sa vue me serra le cœur... Je pensai à Blanche... Il y avait là pour moi un pieux devoir à accomplir, et je voulus m'en acquitter sans tarder... Je choisis donc aussitôt, derrière l'habitation, un endroit favorable à mes projets: aux pieds d'un pandanus touffu, près du confluent des deux petits ruisseaux d'eau douce qui allaient se jeter dans la mer, je creusai une fosse où j'inhumai le malheureux vieillard, et, après l'avoir recouvert de terre, j'y plantai une croix faite de deux branches de cocotier.

Ces soins remplis, je m'empressai de retourner vers Blanche. Il y avait toujours en moi une certaine appréhension au sujet des propriétaires de l'habitation qui nous avait servi de refuge, et je craignais que leur retour ne devînt l'occasion de quelque incident funeste.

Seul, je n'aurais rien redouté; mais avec Blanche que n'avais-je pas à craindre, si ma mauvaise étoile m'avait jeté sur une terre inhospitalière.

Mémoire à consulter pour le malheureux qui me succèdera dans cette habitation.

J'avais à peine lu ces lignes, que, me précipitant vers le manuscrit, je courus d'une main impatiente et fébrile.

Puis, je me mis à le parcourir...

Mais, dès la première page, je me sentis pris par un si poignant intérêt, que je courus m'en venir près du lit de Blanche, et que je le dévorai d'une traite.

J'ignore si le lecteur trouvera cette lecture aussi attachante qu'elle me le parut à cette époque, mais le manuscrit dont il s'agit tient une trop grande place dans ma propre histoire, le récit qu'il contient se rattache si intimement à une trop vivante étude des mœurs, pour que je ne le reproduise pas ici.

Le voici tel qu'il en restait entre mes mains :

LE MANUSCRIT

« J'ai quarante ans, et voilà dix années que j'habite cette île déserte, qui n'a pas même un nom sur la carte de la géographie. Qui des autres pays du monde s'en soucie? Elle est de moins qu'une imperceptible aspiration, tracé seulement que je puisse reprendre.

« Je n'ai pas toujours été bon, pour les quatre vivants. Élevé pour ainsi dire par le charité publique, je fus vite trouvé au jour sur le pavé de Paris, sachant à peine lire et écrire, sans aptitude et sans goût pour le travail, et mes tentants actifs, par ses mœurs irréprochables, vous êtes vite de bohême que le talent des plus charmants écrivains s'empêchera pas plus la pauvre existence, et je ne voulais pas la manquer à la plus belle école des temps modernes, jusqu'à l'âge de vingt-deux ans, je ne sais pas précisément comment il est dépensé que je vivais d'un esprit naturel, une intelligence au-dessus de l'ordinaire, et, non horrible suite, j'étais parvenu à n'être déporté dans aucune des emplois du regard peu de l'étain industriel, et je me disais que pour me diriger dans les affaires de la chute de leurs mains, et je ne rappelle que, non dupes, je vivrais trois années de la plus dans la tente si avec deux étudiants appartenant à une très noble famille de province, et qui, après m'avoir signalé longtemps de mon petit coin, laient tout toutes les lettres que je les donnais au plus si avait jamais eu d'autres.

« Malgré la faiblir de mes relations, et en dépit des désavantages de sympathie que j'avais auprès de quelques-uns de mes amis, il ne m'avait été possible une larron de mes vœux qu'en carrière que la société avait de fortune placés au-dessus de l'ordinaire, et, non horreur dément, j'étais parvenu à n'être déporté dans aucune des carrières qui s'ouvrent à leur ambition.

« Tout à la portion, pas plus que moi, n'étaient demandé à vivre; je n'étais riches uniquement parce qu'ils étaient dans le paix de la bohème... — la vrai de Dieu marchait, — et je me demandais longtemps souvent quelle dose d'intelligence, plus grande que la misère la nature leur avait départie.

« Je devenais pendant quelque temps dans ces théâtres de l'aide desquelles un usage, de siècle en siècle, de mettre à la carte de l'âge. Un an plus tard, j'avais quelque m'effrayer par mes déclarations pour propriétaire, qui s'était appuyant d'autre part que celui de m'avoir réclamé trois termes que je lui devais.

« J'étais incertain de la logique de mon tourment sur ma nièce de ma mémoire, à parde noir, j'accepter l'instant pour me rappeler le monde, occupé par la misère, réfléchi aux derniers expédients, je m'enfuis un jour vers le havre et s'embarquai pour San Francisco.

[texte en grande partie illisible]

« ...les plaisirs, où le travail est si dur aux Européens; je me jetai dans ce tourbillon de plaisirs et d'incidents qui est la vie normale dans ce pays, et je ne m'arrêtai que sur les bords d'un abîme de démoralisation dont la pente m'avait entraîné, sans que je m'en fusse aperçu. Je comptais à peine vingt-cinq ans, et déjà j'avais l'âme et le corps perdus!... Qui donc me sauva?... Je n'en sais rien... Je ne demandais pas à être sauvé. Je n'avais plus la conscience de mon abaissement et de ma dégradation... et pourtant un jour... — quel jour était-ce? Je l'ai oublié; — un jour, je me réveillai, honteux du passé, dégoûté du présent, osant à peine sonder du regard l'avenir qui m'était réservé...

« Jusqu'alors, j'avais étouffé le juge sévère qui était en moi-même, mais ce jour-là le juge s'était réveillé avant moi et il me regardait!

« Que dire encore?... Ce fut une révélation! Mon être tout entier sembla se transformer. Les haines que j'avais nourries contre la société s'apaisèrent comme par enchantement, et pour la première fois de ma vie, je sentis que mon plus cruel ennemi était en moi!...

« À partir de ce moment, je devins meilleur, et je soupçonnai que les autres n'étaient ni si méchants ni si mauvais que je l'avais cru. On n'est réellement indulgent pour autrui que lorsque l'on commence à être sévère pour soi-même. D'ailleurs, j'avais désormais un but et je voulais l'atteindre. Je commençais une seconde existence, et je ne voulais pas la manquer, comme j'avais manqué la première; un sentiment nouveau s'était fait jour à travers les interstices de mon esprit, et j'étais prêt à affronter toutes les luttes pour lui donner satisfaction.

« Je partis.

« La légèreté ou plutôt la gaîté naturelle qui faisait le fond de mon caractère m'aida à supporter les premières épreuves, et me soutint lors des défaillances qui en furent la conséquence inévitable. J'avais si assidûment fréquenté les petits théâtres du boulevard du Temple, pour lesquels je me souviens d'avoir écrit quelques vaudevilles, j'avais vécu si longtemps en communion d'idées et de principes avec le personnel dont ces théâtres se recrutent, que j'en conservais encore l'insouciance et le scepticisme. Mais ce qui n'était à Paris qu'une manière de dérèglement, devint, dans la vie nouvelle où j'entrai, un véritable stoïcisme, et comme c'est le seul service que le passé m'ait rendu, je n'entends pas lui en marchander ma reconnaissance...

[...]

« ...renfermer mes lingots en bank-notes, et, choisissant le premier bateau qui devait mettre à la voile, je quittai bientôt l'Australie pour retourner en France.

« Telle est ma vie; le reste se devine.

« Une tempête, un naufrage, et finalement un pauvre diable qui aborde, comme Robinson, dans une île déserte, n'ayant pour toute ressource qu'un portefeuille bourré de billets de banque.

« La situation n'était pas neuve, mais je m'en consolai plus vite que je ne l'aurais pensé. Je rencontrai ici le repos que j'avais vainement cherché sous différents climats, et pendant dix années j'ai joui d'un bonheur parfait. Les débris du navire sur lequel j'avais fait naufrage m'ont servi à édifier cette maison. Elle n'est pas grande, mais elle me suffit. La nécessité m'a rendu industrieux, et j'avais du reste appris, dans les places, la vie que je suis obligé de mener ici... Je suis seul, je suis libre, je fais ce que je veux, quand je veux, comme je veux. Je ne peux pas qu'il y ait sur le globe une créature plus heureuse que moi.

« L'île que j'habite a environ huit lieues de circonférence; elle a surgi vraisemblablement d'un banc de corail et de madrépores, mais la végétation de l'intérieur rappelle ces pays enchantés où règne, dit-on, un printemps éternel.

« J'ai trouvé à peu près tout ce qui m'était utile : des tortues délicieuses, des oiseaux à la chair délicate, un gibier abondant et des fruits que le talde de Véfour envierait à la mi-mer.

« Quant à la privation de société, je n'en ai jamais beaucoup souffert. J'aime la solitude, et je me demande sincèrement quel charme aurait introduit dans cette île la compagnie d'un de mes semblables. S'il m'eût été supérieur, il m'aurait opprimé; dans le cas contraire, il m'eût ennuyé. Je préfère avoir vécu seul.

« Je ne lis ni la *Patrie* ni le *Siècle*. J'ignore comment le monde se comporte, ni si l'Europe est républicaine ou cosaque, encore moins quelle pièce nouvelle on joue sur le boulevard, et il ne m'est jamais venu à l'idée de demander à Dieu, dans mes prières, de sauver mon pays des feuilletons de celui-ci et des drames de celui-là!

« Je n'ai même pas l'ambition de laisser un nom de vaudevilliste et de dramaturge, et j'ai rédigé les écriteaux qui indiquent à trois lieues à la ronde les diverses destinations que j'ai assignées aux terrains environnants.

« Que l'on ne raille pas trop fort ce ridicule emploi de mon temps; il n'y a pas de petites distractions pour Seblman, et les heures grossièrement joies que m'ont procurées ces grotesques fantaisies de mon loisir sont là pour m'absoudre au besoin.

« Mais, hélas! je n'ai pas fait que des écriteaux, et il faut bien que j'arrive enfin à la partie faible de mon discours.

« Il y a là, dans un carton marqué de la lettre X, trois manuscrits qui datent de ces dernières années, deux vaudevilles et un drame, que je lègue, avec mes deux cent mille francs, à l'inconnu qui doit me succéder dans cette île.

« Quel qu'il soit, qu'il les lise!... Ce me sera une douce consolation que de savoir que j'ai eu un lecteur.

« Du reste, j'ai la prétention de croire que l'on trouvera dans ces œuvres assez d'esprit et d'intérêt pour en faire supporter la lecture. Je ne veux pas donner à entendre par là que j'ai atteint aux dernières limites de l'art, et que M. d'Ennery ne pourrait pas mieux faire; mais il y a des degrés en tout, et, retouchées avec soin par les Clairville et les Anicet Bourgeois de l'avenir, ces petites machines obtiendraient, j'en suis sûr, un succès de bon aloi.

« O vanité des vanités!...

« Même au fond de cette île, perdue dans un pli de l'Océan, je n'ai pu me défendre des faiblesses de la nature humaine. Vingt fois j'ai voulu jeter ces manuscrits au feu que j'allumais le soir autour de l'habitation pour éloigner les bêtes fauves, et toujours ma main et mon cœur ont hésité.

« Qu'ils vivent donc, puisque tel est leur destin!... et si jamais une main amie les tire de l'obscurité d'où ils n'auraient pas dû sortir, que la critique leur soit légère en milieu des épreuves de la publicité qu'ils auront à subir!...

« Ai-je dit tout ce que je voulais dire? Je le crois. Je n'ajouterai donc plus un mot, et il ne me reste qu'à souhaiter à mon successeur autant de philosophie et de résignation que j'en ai montré... »

Ici, il y avait un blanc, après lequel reprenaient encore des lignes tracées par cette main tremblante et déjà glacée par la mort...

J'étais bien jeune à cette époque, et mon jugement n'avait pas la maturité qu'il a acquise depuis; il me serait donc fort difficile d'expliquer ce que je ressentis...

Ce n'était pas précisément de la sympathie, et pourtant il y avait une nuance d'attendrissement dans mon impression.

Le malheureux qui avait vécu là dix années d'une vie de solitude me semblait bien digne de pitié, et, en dépit de l'ironie qui se mêlait à son récit, on devinait la secrète mélancolie qui était au fond de chacune de ses pensées.

Qu'il eût pour cette vie si incidentée, si remplie d'aventures, si agitée par tout ce que les passions humaines ont de plus mobile et de plus vivace, ni un regret, ni un souvenir...

Pas même un soin à prononcer à l'heure suprême du départ.

Ce cœur qui venait de s'éteindre dans l'isolement et l'abandon le plus cruel n'avait jamais battu sous la main d'une femme...

Qu'avait-il donc fait, ô mon Dieu! de la jeunesse que vous aviez ôtée aussi en lui? Dire que dire d'amie... qu'avait-il fait de l'amitié?... qu'avait-il fait de l'amour?... qu'avait-il fait de l'angoisse?...

Je restai longtemps pensif et recueilli, et, pendant plusieurs jours encore, je demeurai sous l'impression pénible que j'avais reçue de cette lecture.

Mais cette impression s'affaiblit peu à peu, et elle dut bientôt céder tout à fait devant les préoccupations bien autrement graves qui s'emparèrent de mon esprit.

VI

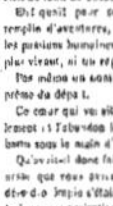

PENDANT plusieurs semaines, Blanche fut entre la vie et la mort; moi-même, agité tour à tour par les alternatives les plus cruelles, je pressentais toutes les angoisses... élevai, pâle, effacé, tremblant, épiant ses moindres mouvements, suspendu à son plus léger souffle, pleurant, priant, accusant le sort inexorable, et pris à la disputer à la mort, si la mort semblait de me l'arracher.

Un mois se passa de la sorte. J'étais soutenu... [...]

« ...pendant cette nuit, et je veux aller prier sur sa tombe.

Je ne répondis rien, et peu après, nous quittions l'habitation.

C'était la première fois qu'elle sortait; elle était encore bien faible; son visage avait une vague expression de mélancolie : je ne l'avais jamais vue aussi belle.

Dans la prévision de cette première sortie, je lui avais fait, depuis quelques jours, un large chapeau avec des feuilles de coryphe, et sous cette parure d'emprunt, avec ses boucles prophétiques de cheveux blonds et son blanc sari qui tombait de ses épaules, sa beauté avait pris un caractère particulier qui lui prêtait encore de nouveaux charmes.

Je n'osais la regarder tant j'étais ému, et je faisais des efforts inouïs pour contenir cette émotion, qui l'eût effrayée sans doute, si elle en eût deviné la cause.

Elle, cependant, s'avançait grave et triste, sur nous bras appuyés... Indifférente à ce qui se passait à ses côtés, insensible aux paysages qui se déroulaient sous ses yeux, avide seulement d'arriver au terme de notre excursion, elle marchait le front baissé et le sein gonflé de pénibles sanglots.

J'avais, ainsi que je l'ai dit, creusé la tombe au pied d'un magnifique pandanus, et au confluent de deux petits ruisseaux d'eau douce; trois cents pas à peine la séparaient de l'habitation, mais nous mîmes au moins dix minutes pour y atteindre.

Blanche était faible, et moi-même je n'avançais que le plus lentement possible, tant j'étais heureux de prolonger une situation dont mon amour buvait à longs traits l'ivresse.

La matinée était belle, le soleil tamisait ses rayons d'or à travers les branches des cocotiers; un souffle frais et pur, venant de la mer, rafraîchissait nos fronts, et des myriades d'oiseaux voletaient à l'envi sur les chemins que nous parcourions.

Arrivés au terme de notre excursion, j'indiquai à Blanche la tombe de M. de Roquebrune, et je m'agenouillai à côté d'elle...

Pendant qu'elle priait pour son père, j'élevai moi-même mon âme vers Dieu, et ma pensée m'emporta un instant vers mon pauvre bourg de Bretagne, où l'on pleurait mon absence et où l'on attendait mon retour.

Au bout de quelques instants, je compris que Blanche désirait être seule, et je m'éloignai.

L'idée m'était venue de lui faire une surprise...

Il y avait à la porte de l'habitation, au-dessus de la fenêtre, un beau fait de lierre...

— Je ferai pour cela tout ce qu'il me sera humainement possible de faire.

— Mais c'est impossible.

— C'est difficile tout au plus.

— Cette île est déserte, n'est-ce pas? elle se trouve, de plus, éloignée de toute voie de communication, c'est vous-même qui me l'avez dit. Sur quel hasard, sur quel miracle comptez-vous donc pour nous arracher à notre cruelle position?

Je fus un peu embarrassé de répondre à cette question; mais à cette époque, je ne doutais pas de mon dévouement: l'amour aveugle qui me prit plus tard ne m'avait pas rendu égoïste, et je me sentais prêt à affronter mille dangers et mille morts pour rendre Blanche à la vie pour laquelle elle était née.

— Le hasard sans doute peut nous favoriser, lui dis-je, à ce point d'envoyer dans ces parages quelque navire européen. Dès demain même, et pour profiter des chances les moins vraisemblables, je planterai quelques pavillons sur les points les plus élevés de la côte... Mais si je ne compte que faiblement sur le hasard, c'est que depuis le jour où j'ai abordé sur cette île j'avais résolu de tout tenter pour en sortir.

— Et quel moyen?

— J'ai déjà remarqué que cette île produit des arbres convenables à la construction des canots...

— Comment! fit Blanche presque effrayée, [...]

VII

A trois cents pas de l'habitation, sur le bord extrême de la mer, s'élève un immense rocher abrupte, dont le sommet nu et dépouillé surplombe au-dessus des flots, et dans les anfractuosités duquel des myriades d'oiseaux de mer viennent chercher un refuge aux époques d'équinoxe, ou déposer leurs œufs aux approches du printemps.

Ce rocher a une configuration bizarre, et la teinte rougeâtre de son front, ainsi que les [...]

Un soir, nous venions d'achever notre repas, et Blanche était allée s'asseoir au coin du feu, frileusement enveloppée dans une petite mante d'étoffe rouge, qu'elle avait achevée la veille.

La journée avait été plus mauvaise encore que les précédentes; la pluie n'avait cessé de tomber depuis le matin, et je l'entendais qui fouettait la fenêtre avec une violence âpre et désordonnée.

Blanche s'était rejetée sur le dossier de sa chaise grossière, et dans cette attitude nonchalante, toutes les élégances de sa taille se dessinaient à la lueur de la flamme du foyer.

Je l'avais rarement vue aussi jolie; ses cheveux entouraient harmonieusement les lignes si pures de son visage, et son regard avait une expression pénétrante de douceur qui appelait les rêves infinis.

Je m'assis, ému et pensif, à quelque distance. Mille pensées traversaient mon esprit, et une tristesse sans nom montait de mon cœur, profondément troublé.

S'aperçut-elle de ma tristesse? fut-elle étonnée de mon silence? devina-t-elle dans mon attitude une souffrance ou une inquiétude? Je ne sais.

Elle tourna vers moi son regard attendri, et d'une voix où tremblait un intérêt de la sincérité duquel il n'était pas permis de douter:

— Souffrez-vous? me demanda-t-elle aussitôt.

— Je ne me suis jamais si bien porté, au contraire, répondis-je vivement.

— Cependant, je vous trouve quelque chose d'inaccoutumé.

— C'est une idée.

— Du tout, vous êtes triste; tenez, vous voulez me cacher votre chagrin pour ne pas m'attrister moi-même.

— Détrompez-vous.

— Non, je le devine, j'en suis sûre. Cette vie est dure à porter, n'est-ce pas? et vous commencez à craindre que nous ne sortions jamais de cette île déserte.

Un éclair traversa mon regard à ces mots; je pris ma poitrine à deux mains, et je la comprimai avec force.

Blanche ne trompa sans doute sur la cause de ce mouvement involontaire, car son bras s'étendit un moment vers moi avec un air de triomphe enfantin.

— Vous le voyez, s'écria-t-elle, j'avais raison; cette vie sans espoir vous pèse, vous avez peur, vous désespérez!

Je remuai lentement la tête.

— Non, Blanche, détrompez-vous, répondis-je; jusqu'à ce jour, je n'ai pas eu une heure de découragement ni d'ennui, et quoique nous soyons bien abandonnés dans cette île inconnue, éloignés de toute recommandation avec le monde, j'ai bon espoir, et il me semble même que ma confiance dans l'avenir n'a jamais été plus ferme.

Blanche fit un signe de négation.

— Moi, dit-elle, il m'est impossible d'en dire autant. J'ai bien prié Dieu, j'ai invoqué souvent le souvenir de mon père, et pourtant il me semble que mon courage faiblit chaque jour, et il y a des instants où je me crois condamnée à vivre éternellement dans ces lieux déserts.

Je m'étais levé, et j'étais allé me placer contre la cheminée. Je ne saurais dire quelle peine m'envahissait; jamais encore le regard de Blanche ne m'avait paru si doux, jamais je ne m'étais senti moi-même si attendri.

— Dieu ne vous imposera pas de pareilles épreuves, repris-je après quelques secondes de silence; j'ai bien souvent songé à toutes ces choses depuis le commencement de notre séjour ici, et j'ai plus d'une fois admiré votre ferveté au milieu des misères que nous avons eues à supporter, mais s'il fallait que cette vie se prolongeât longtemps.

— Ce serait horrible, fit Blanche.

— Pour vous surtout...

— Oh! moi, je n'avais que mon père, et mon père est mort.

Il y eut encore un moment de silence.

Blanche passa la main sur son front, un soupir gonfla sa poitrine, et son regard devint atone et fixe.

embarcation sera terminée pour le retour de la belle saison, et au moins pourrons-nous faire quelque tentative pour notre délivrance.

— Le croyez-vous? dit-elle tristement.

— Je l'espère.

— Oh! vous êtes bon, et ce n'est pas d'aujourd'hui que j'apprécie votre dévouement; mais, je vous l'ai dit, j'aurai bien peur de me confier de nouveau à cet élément qui nous a si cruellement traités.

— Et n'est-ce donc rien que l'espoir de rentrer dans le monde, qui vous a peut-être déjà oubliée?

Blanche fit un geste de doux reproche.

— Oh! c'est mal ce que vous dites là, répondit-elle d'un ton plein d'une émotion sincère.

— Comment?

— Vous savez bien que l'on vous aime, vous, et que l'on vous attend.

— Que dites-vous?

— Votre mère a déjà bien pleuré...

— Ma mère!... ma pauvre mère!...

Je poussai un cri et je pris ma tête dans mes mains.

À son tour, Blanche venait de toucher une des plaies vives de mon cœur.

Je n'avais oublié ni mon père, ni ma mère, ni ces êtres chers qui m'attendaient ou pleuraient ma mort. Je les aimais aussi ardemment qu'au départ; je serais devenu fou de joie si j'avais pu inopinément les tenir embrassés sur mon cœur.

Mais Blanche absorbait toutes mes pensées; elle était devenue ma vie. Il ne me semblait pas qu'il y eût autre chose au monde qu'elle et son amour.

Le reproche qu'elle m'adressait vint me réveiller tout d'un coup, en me montrant à quel point j'étais devenu ingrat, et l'image de ma sainte mère, debout, éplorée sur la grève, me pénétra à un point que je ne saurais exprimer.

Un déchirement cruel se fit en moi, et sans tenir compte cette fois de la présence de Blanche, je fondis en sanglots et je laissai mes larmes baigner mon visage.

Cela dura cinq minutes à peine, au bout desquelles je sentis la petite main de Blanche se glisser timidement entre les miennes.

— Pardonnez-moi, me dit-elle de sa voix la plus tendre, je vous ai fait de la peine sans le vouloir, et maintenant je m'en repens.

— Non! non! m'écriai-je avec feu, je suis un malheureux, et c'est vous qui avez raison. Ah! je les sens bien cependant, et pour eux j'aurais donné ma vie jour à jour, mon sang goutte à goutte... Mais depuis il s'est passé tant de choses étranges, tant d'événements ont bouleversé mon esprit, que je ne suis presque plus occupé que de moi-même... Pauvre mère!... Si vous saviez comme on m'aime là-bas!... C'est affreux! J'étais leur espoir, leur joie, leur orgueil... et maintenant...

— Ah! je voudrais connaître votre mère! interrompit Blanche, je lui dirais tout ce que vous avez fait pour moi, et votre dévouement et votre courage, et, s'il était possible, je lui payerais en tendresse toute l'amitié que vous m'avez vouée.

Je serrai doucement la main de Blanche dans les miennes, et j'oubliai un moment mon regard sur le sien.

La pluie n'avait pas cessé de tomber; le vent continuait de siffler aux angles du rocher; la nuit était profonde et noire.

Et nous étions seuls au milieu de ce désordre; une pente insensible nous entraînait, à notre insu, vers un sentiment commun; une même émotion troublait nos esprits, un même attendrissement avait surpris nos cœurs.

Combien de temps restâmes-nous ainsi, la main dans la main, le front penché vers le sol, l'âme perdue dans l'idéal de notre rêverie?

Je ne me le rappelle plus.

Tout ce dont je me souviens, c'est que, lorsque je relevai les yeux et que je reportai mon regard vers Blanche, je sentis sa main se retirer vivement de mon étreinte, et je vis une vive rougeur colorer ses joues.

Que s'était-il donc passé en elle pendant ces quelques minutes?... Elle s'était levée avec la rapidité de l'éclair.

J'aurais voulu lui parler encore; elle était allée s'asseoir loin de moi, les yeux baissés et la poitrine oppressée.

Elle était belle ainsi; son front rayonnait d'une douce pudeur, quelque sentiment mystérieux et profond l'avait surprise, mais elle n'en avait encore qu'un vague et confus soupçon.

Il était tard cependant. Nous avions oublié l'heure l'un et l'autre. Il était temps de se séparer.

Avant de m'éloigner, je lui tendis la main, et elle me donna la sienne, mais sans me regarder.

— Bonsoir, mademoiselle Blanche, balbutiai-je, vivement ému.

— Bonsoir, monsieur Georges, répondit-elle d'une voix tremblante.

Je sentis sa main tressaillir, et il me sembla qu'un frisson courait sur ses épaules.

Je partis.

Mais je comprenais qu'il me serait impossible de prendre le moindre repos dans la situation d'esprit où je me trouvais, et je restai sur le seuil de ma tente, malgré la pluie qui tombait à torrents, guettant la fenêtre de Blanche, et épiant le moment où elle irait elle-même demander au sommeil le calme ou l'oubli.

Plusieurs heures se passèrent ainsi.

La fenêtre était toujours éclairée; la lampe n'avait pas changé de place. L'impression sous laquelle j'avais laissé Blanche durait encore; elle aussi était inquiète et agitée, et elle ne songeait pas à chercher le sommeil.

Pendant ces quelques heures, je remuai tout un monde dans mon esprit. J'interrogeai ardemment tous les horizons qui s'ouvraient devant moi, sans m'arrêter à aucune supposition.

Toutes me paraissaient insensées.

Et cependant, en dépit de mes lassitudes, je me sentais envahi malgré moi par le pressentiment de quelque joie immense; j'étais heureux. La vie ne me paraissait plus si amère. Il me semblait déjà que je n'étais plus seul sur cette île déserte.

Quand je revis Blanche, le lendemain, il y eut un peu d'embarras dans notre premier entretien. Le déjeuner se passa presque froidement. Elle ne répondait que par des monosyllabes à mes questions, et je remarquai sur son visage des traces évidentes de fatigue et de préoccupation.

— Vous n'êtes pas souffrante, au moins? lui dis-je avec un accent d'intérêt qui parut la toucher.

— Oh! du tout, répondit-elle.

— Cependant, cette nuit, vous avez veillé fort tard.

— Comment le temps court?

— J'ai remarqué que votre fenêtre est restée éclairée presque jusqu'au jour.

— Vous n'avez donc pas reposé vous-même? Et en parlant ainsi, Blanche m'adressa un regard dont l'expression était presque hostile.

Je ne répondis pas, mais mon cœur se serra.

Je ne l'avais jamais vue ainsi. Il me semblait que son amitié se retirait de moi. Je partis l'âme navrée.

Le soir, après notre repos, et comme j'allais m'asseoir, selon mon habitude, auprès du foyer, avec le livre que j'avais interrompu la veille, Blanche s'approcha timidement de moi.

— Monsieur Georges, me dit-elle d'une voix émue, j'ai un service à vous demander.

— À moi! m'écriai-je avec précipitation.

— Oui, je souffre un peu ce soir.

— Parlez! parlez! que faut-il que je fasse?

— Oh! presque rien... J'ai mal dormi la nuit dernière, j'ai besoin de repos, et si vous le voulez bien nous abrégerons notre soirée.

Je me levai sur ce mot et gagnai lentement la porte.

J'étais mécontent de Blanche, mécontent de moi-même; il devenait évident que Blanche avait été froissée. Je lui avais déplu. Quelque chose d'anormal se passait en elle.

J'en éprouvai un profond dépit. Je n'avais rien fait pour mériter sa froideur, je le trou-

— Bonsoir, mademoiselle Blanche, répondis-je en m'éloignant rapidement.

Et j'allai me réfugier sous ma tente, où je fondis en larmes et en sanglots.

À partir de ce jour, et jusqu'au moment où je quittai l'île, j'écrivis, jour par jour, toutes mes impressions. Ce que je n'osais dire à Blanche, je le confiais au papier, et j'en retrouvais dans les pages qui vont suivre le reflet exact de tout ce que j'ai souffert pendant les quelques mois qui suivirent.

MON JOURNAL

Je me sens dans l'âme une tristesse mortelle. Depuis quelques jours, il y a dans mes relations avec Blanche une contrainte dont je cherche vainement la cause, et que je ne parviens pas à m'expliquer.

Qu'ai-je fait qui l'ait offensée?... Rien dans ma conduite ne peut justifier un pareil changement, et cependant je n'ose l'interroger. Nos soirées se passent presque silencieuses. Après le dîner, elle s'assied auprès du feu avec son ouvrage; moi, je me place à quelques pas d'elle avec un livre, et bien souvent l'heure de la séparation arrive sans que nous ayons échangé dix paroles.

Je souffre de cette situation plus que je ne pourrais l'exprimer.

J'aime Blanche d'un amour ardent et dévoué, et l'idée que j'ai pu lui faire un chagrin quelconque me rend malheureux. Vingt fois déjà j'ai été sur le point de solliciter une explication, mais je me suis toujours retenu à temps. J'ai eu peur de la mécontenter davantage. Cependant, cela ne peut tarder longtemps ainsi.

La pluie continue de tomber avec la même intensité. Cette monotonie me devient insupportable et ajoute à mon malaise.

Hier, j'ai passé une partie de la nuit sur le seuil de ma tente. Le temps était sombre, le vent soufflait avec force, la mer soulevée grondait au loin avec des mugissements sinistres.

Tout mon passé m'est revenu à la mémoire; je n'avais plus l'espoir de sortir jamais de cette île, où la fatalité m'a poussé, et j'ai revu les images adorées de ma mère et de mes sœurs.

Mon père était là qui me tendait les bras et m'appelait.

Pauvre cher père! comme il était vieux et brisé!... Ses mains tremblaient, son corps amaigri attestait de longues fatigues, comme son visage sillonné de rides profondes disait ses inquiétudes et ses douleurs.

Je vins me jeter, en pleurant, sur son lit.

Ce matin, j'avais les yeux rouges et battus!

En me voyant, Blanche ne put réprimer un premier mouvement de pitié.

Je vis sa poitrine se gonfler, et sa main se tendit vers moi avec une spontanéité qui me toucha.

En ce moment, j'oubliai tout ce que j'avais souffert depuis plusieurs jours, et je portai vivement sa main à mes lèvres.

Je la sentis tressaillir à ce contact.

— Merci! merci! lui dis-je avec effusion.

— Vous avez donc souffert cette nuit? répondit-elle d'un accent ému.

— Oh! je n'en sais plus rien... ajoutai-je en mettant tout mon cœur dans ma voix.

Blanche retira doucement sa main.

— Vous n'êtes pas sage, non plus, reprit-elle après un court silence; nous nous trouvons ici dans une situation exceptionnelle, qu'il faut accepter avec résignation... et depuis quelques jours j'ai remarqué qu'il y avait un peu de désordre dans votre esprit.

— Moi! m'écriai-je étonné.

— Qui sait! poursuivit Blanche, Dieu nous réserve peut-être de revoir un jour tous les êtres qui nous sont chers; il vous doit cette joie, à vous surtout, qui avez déjà tant souffert; mais rendons-nous dignes l'un et l'autre de cette haute destinée.

peut-être aussi mon ardente curiosité, et pour s'échapper sans doute, elle sortit vivement et courut vers la grotte, où se tenait enfermée toute sa basse-cour.

Moi, j'étais resté triste et interdit.

Depuis deux jours, le ciel est moins sombre; la pluie cesse par intervalles, et j'ai pu reprendre mes occupations habituelles.

Notre embarcation a un peu souffert de l'humidité de la saison, mais je vais me remettre au travail, et j'aurai une semaine tout au plus.

Mon esprit est plus calme. Pour plaire à Blanche, je me suis résigné.

Résigné!...

Je la trompe et je me trompe moi-même; mais je sais bien qu'une fois il ne faudrait qu'une étincelle pour rallumer au feu qui couve dans mes veines.

Je ne veux plus y penser.

Blanche est pour moi ce qu'elle est, rien de plus. Qu'elle vive, et qu'elle s'occupe de Dieu; elle n'a pas, comme moi, des besoins de dévouement et de rêverie.

Qu'elle vive donc toujours ainsi, et qu'elle ignore jusqu'à la torture horrible que j'endure à sentir les bornes de ce mot!

Elle est toute ma vie; mais que sais-je pour elle?... Rien!...

Ah! je lui cacherai si bien mon amour, qu'elle ne pourra jamais le soupçonner.

Ce matin, un rayon de soleil a percé le voile épais de nuages qui nous enveloppe.

Cela a duré vingt minutes à peine, mais il n'en fallait pas tant pour ranimer cette nature prodigue qui, depuis deux mois, grelotte sous la pluie.

J'en ai profité pour explorer les environs de notre habitation.

C'est un spectacle navrant!

Tout est dévasté... Les scories détrempées ont disparu sous les eaux de juillet, et les branches dont le vent a dépouillé les arbres... Mes orties sont inondées... mais, le tombe de M. de Roquebrune a été respectée.

Depuis deux jours, le ciel est moins sombre; la pluie cesse par intervalles, et j'ai pu reprendre mes occupations habituelles.

réalité véritablement perdu dans cette forêt impénétrable, qui couvrait le sol à plus de trois lieues à la ronde.

À vrai dire, je ne m'inquiétai pas trop de ma position. Je savais bien qu'il ne m'était pas possible de m'éloigner beaucoup de l'habitation, et je ne doutais pas que je n'y fusse rendu à l'heure convenue.

Je me mis, en conséquence, à tirer quelques oiseaux en continuant ma route, et quand je jugeai que mon carnier était présentable, j'allumai ma pipe et m'assis au milieu d'un site délicieux que j'abordais pour la première fois.

D'ailleurs, je n'avais plus de poudre, et force m'était bien de m'arrêter.

Le site était vraiment magique!

À mes pieds s'étendait un petit lac naturel, de cent mètres de circonférence, dominé par un rocher d'une forme abrupte et sauvage, d'où s'échappait en fine poussière d'albâtre un ruisseau qui avait sa source dans les hauteurs.

À gauche, le rideau vert de la forêt me cachait l'horizon, et à droite une allée, qu'on eût dite tracée par les mains de l'homme, ouvrait au regard charmé une échappée délicieuse, à travers le berceau de laquelle le soleil s'infiltrait en pluie d'or.

Mille oiseaux aux ailes éclatantes voletaient de branche en branche au-dessus de ma tête; des scarabées au corset de feu couraient sans nombre sous l'herbe épaisse et haute, et cette animation, ces bruits mêlés aux tressaillements de la forêt ajoutaient encore au charme de ces solitudes éternelles.

Je restai quelque temps ébloui et fasciné. La fumée de ma pipe montait en spirale dans l'air tiède. J'éprouvai un bien-être inouï, et j'aurais voulu faire partager les sensations étranges que je ressentais à quelque être humain, et je me promis, à ma première sortie, d'entraîner Blanche jusqu'à cette fraîche oasis.

Je demeurai longtemps en cet endroit, car lorsque je revins à moi et que je voulus faire retour à l'habitation, je m'aperçus avec un commencement d'inquiétude que le soleil inclinait déjà vers l'horizon, et que je n'avais plus devant moi que quelques heures de jour.

Je me hâtai donc de me lever. Je repris mon fusil et me dirigeai de mon mieux pour gagner notre demeure.

Mais j'étais complètement dévoyé... Tout ce que je pus faire fut de sortir de la forêt, où j'aurais infailliblement passé la nuit si j'y avais attendu les premières ombres du soir.

Malheureusement, j'étais à ce moment fort loin de l'habitation, et j'allais encore être obligé, pour m'y rendre, de prendre le chemin le plus long, c'est-à-dire de tourner la forêt, dans laquelle je ne voulais pas m'engager de nouveau.

Pendant que je me résignais à ce dernier parti, la nuit était venue, et je pressai le pas pour abréger les inquiétudes de Blanche.

Je ne pouvais penser en effet, sans un affreux serrement de cœur, à tout ce qu'elle devait souffrir en m'attendant. Les suppositions les plus fâcheuses remplaçaient les plus acceptables. Je pouvais avoir été victime de quelque accident, et quel avenir lui eût préparé une catastrophe quelconque...

Pour comble de malheur, j'avais épuisé ma provision de poudre, et je ne pouvais la rassurer de loin en lui annonçant mon retour par salves réitérées.

Je me mis à courir à toutes jambes.

Je voyais bien que j'avançais, mais une lieue au moins me séparait encore de l'habitation, et la nuit était maintenant profonde et noire!...

Tout à coup, je m'arrêtai.

Une lueur venait d'éclairer l'horizon, et projetait sur le ciel ses rouges reflets.

Je respirai!

Blanche était là qui m'attendait.

Elle avait compris que je pouvais m'être égaré, et elle cherchait, à l'aide de ce feu qu'elle venait d'allumer, à m'indiquer la direction que je devais prendre.

Tout mon cœur bondit dans ma poitrine à cette vue, et je repris ma course folle en appro-

Ces deux notes se croisèrent presque instantanément, et, à la lueur du foyer allumé et entretenu par elle, je la vis bientôt venir à ma rencontre, pâle, les cheveux flottant sur ses épaules et en proie au plus violent désordre.

Elle était à bout de forces et d'inquiétudes, et elle se jeta dans mes bras mourante d'effroi, d'émotion et de joie.

— Mon Dieu! mon Dieu! murmura-t-elle en cachant son front sur ma poitrine, j'ai cru que tout était fini, que vous étiez mort, que je ne vous reverrais plus!...

Tout mon être tressaillit au contact de son corps défaillant; et, oubliant toute prudence, ivre de bonheur, fou de joie, j'appuyai fortement mes lèvres sur ces cheveux épars.

Mais en accourant vers moi, Blanche avait fait un effort suprême, et je la sentis au même instant s'affaisser dans mes bras, le visage couvert d'une pâleur mortelle, les yeux clos, la poitrine sans souffle.

Elle était évanouie!

—

Blanche a été souffrante toute la journée; — moi, je suis triste... mais au fond de ma tristesse, il y a un bonheur immense...

J'ai toujours présent à la pensée le moment où elle s'est jetée dans mes bras, et je sens toujours sur mes lèvres frémissantes le contact de ses beaux cheveux.

Voilà que je me reprends à l'aimer avec tout le désordre des jours passés. La peur de ce fol amour m'entraîne de nouveau, et cette fois je me demande avec effroi s'il me sera possible de m'arrêter.

Je ne puis parler que d'elle... Elle partout... elle toujours...

Pauvre Blanche! Perdus comme nous le sommes sur cette terre inconnue, au milieu de l'Océan, quel espoir peut être le nôtre, et que pouvons-nous attendre de l'avenir?

Je comprends ses craintes, ses appréhensions, ses troubles, ses pudeurs.

Ah! je jure bien qu'elle ne rougira jamais à cause de moi.

Certes, je l'aime avec tout le désordre, tout l'entraînement, tout l'enthousiasme de mes vingt ans, qui frémissent et désirent; mais je me tuerais aujourd'hui si je savais que demain je dusse manquer à la loyauté sur laquelle elle compte.

Quelle mystérieuse transformation s'est accomplie donc en elle depuis quelques jours?... quel sentiment s'est éveillé dans son cœur, et que signifie l'allure nouvelle de son esprit?

Hier, il s'est passé un fait singulier, dont je suis encore à me demander l'explication.

Nous finissions de déjeuner; déjà je m'étais levé et je me disposais à me rendre au chantier, lorsque Blanche, dont la préoccupation était visible, me fit remarquer que, depuis quelques jours, je n'étais monté sur le rocher qui me sert d'observatoire.

La remarque était juste.

Naguère encore, presque tous les matins, je gravissais la rampe escarpée qui conduit au sommet du rocher, et de là j'interrogeais l'horizon pour voir si je n'apercevais pas quelque voile lointaine.

Il y avait huit jours au moins que j'avais manqué à cette habitude, et il était tout naturel que Blanche me le rappelât.

Mais le ton particulier dont cette remarque fut faite, l'espèce d'insistance qu'elle déploya à cette occasion, tout cela me sembla cacher un mystère que je me promis d'éclaircir aussitôt.

Je ne laissai donc rien paraître de mon étonnement, et, relevant moi-même avec enjouement mon oubli ou ma paresse, j'allumai ma pipe et me mis à gravir le rocher.

Seulement, arrivé à un endroit où le sentier, en tournant, me dérobait aux regards de Blanche, je m'arrêtai tout à coup, et, ayant fait demi-tour, je choisis une cachette du rocher, d'où je pouvais tout voir sans courir le risque d'être vu.

C'était une [illegible], sans doute, et j'avais tort d'agir ainsi; mais j'avoue qu'en ce moment ma curiosité était vivement éveillée.

Elle ne tarda pas d'ailleurs à être satisfaite.

Tant qu'elle put me suivre du regard dans mon ascension, Blanche continua de s'occuper des soins de notre ménage avec une activité qui, si je n'eusse pas été prévenu, eût pu me paraître naturelle; mais dès que j'eus disparu au tournant du sentier, elle s'arrêta tout court et déposa sur la table les objets qu'elle tenait à la main.

Elle tourna alors deux ou trois fois la tête de mon côté pour s'assurer que je ne pouvais la voir, puis elle fit quelques pas vers le [illegible] qui me sert d'abri.

Mais elle s'arrêta sur le seuil.

Il est évident qu'un combat se livrait en elle et qu'elle était fort émue. Son cœur battait avec force, car elle croisa un moment ses deux bras sur sa poitrine; à plusieurs reprises même elle se pencha, comme si elle allait vaincre son hésitation; mais une pensée secrète la retint encore, et elle revint rêveuse vers son habitation.

Que voulait-elle donc? quelle curiosité la poursuit? quel sentiment la [illegible]?

Quand je redescendis, je la retrouvai toute pensive, et elle ne donna qu'une attention distraite au récit de mon ascension.

Toute la journée, elle a été rêveuse, et plus d'une fois j'ai surpris son regard tourné vers ma tente.

—

Blanche m'a trahie... Je connais, à cette heure, l'objet de cette curiosité qui l'a si fort agitée pendant une partie de la journée d'hier, et cette découverte m'a ouvert tout un champ nouveau de suppositions, à travers lesquelles il m'est bien difficile de démêler la vérité.

Ce soir, nous causions sous la fenêtre de l'habitation, elle assise sur le banc de [illegible], moi étendu à quelques pas sur une pelouse artificielle et roulant une cigarette entre mes doigts.

Le soleil avait disparu de l'horizon depuis une demi-heure. Ce n'était déjà plus le jour, ce n'était pas encore la nuit. L'air était tiède et calme; les flots, mollement soulevés, venaient mourir à peu de distance, et des millions d'étoiles s'allumaient dans le ciel.

Nous avions parlé de tout un peu; Blanche était enjouée et vive; son imagination, éclose sous ces latitudes fécondes, embrasait des horizons infinis; elle me racontait, dans un style chaud et coloré, les aspirations naïves de son enfance, et je ne pouvais me lasser de l'écouter et de la contempler.

Tout à coup, elle s'arrêta et se prit à me regarder avec un regard où [illegible] semblait avoir passé.

— Monsieur Georges, me dit-elle alors d'un ton de reproche enjoué, il faut que je vous gronde très fort.

Je me soulevai vivement de terre.

— Et qu'ai-je donc fait, grand Dieu? m'écriai-je étonné.

— Une action fort répréhensible, reprit-elle sur le même ton badin.

— Est-ce possible?

— Oh! j'en suis sûre.

— Expliquez-vous.

— Eh bien! j'ai découvert que vous me écrivez en secret.

— Moi?

— La nuit dernière, vous aviez laissé la porte de votre tente ouverte, et de ma fenêtre j'ai remarqué que vous écriviez.

— C'est vrai.

— Vous ne me l'aviez pas dit.

— En effet.

— C'est donc un mystère?

— Peut-il y en avoir de vous à moi dans la situation où le ciel nous a placés?

— Qu'est-ce donc que vous écrivez?

— Un journal.

— Vous racontez notre existence!

— Oh! la mienne seulement.

— Jour par jour?

— Oui, quelquefois.

Blanche se prit à sourire.

— Alors, vous y parlez de moi, me dit-elle doucement.

— Sans doute.

— Ah! je serais curieuse de voir cela.

— Y pensez-vous!

— Vous me montrerez votre journal, monsieur Georges.

— Mais c'est impossible.

— Pourquoi donc?

Une rougeur subite était montée à mes joues à ces questions, qu'elle m'adressait vives et pressées; mais la nuit était venue tout à fait pendant que nous causions, et elle ne put remarquer mon embarras.

— Pourquoi? répondis-je après un silence de quelques secondes, pendant lequel j'eus le temps de me remettre, mais parce que, dans ces pages écrites sans ordre et sous l'impression du moment, j'ai laissé parler mon cœur dans toute la naïveté de son enthousiasme, et que vous y trouveriez l'expression d'un sentiment que vous ne pouvez partager.

— Quel sentiment?

— Celui d'une satisfaction enivrée que vous accueilleriez peut-être.

— Vous êtes donc heureux ici? me demanda Blanche.

— A un tel point, répondis-je, que je me suis demandé bien souvent quel bonheur le monde pourrait m'offrir en échange de celui que j'éprouve parfois dans cette île.

— Cela ne s'explique guère.

— Il ne faut pas non plus en chercher l'explication, mademoiselle, car un grand philosophe l'a dit, le cœur a des raisons que la raison ne comprend pas toujours.

Blanche se tut. Sa curiosité, au lieu d'être satisfaite, n'avait trouvé qu'un aliment de plus dans mes paroles; peut-être avait-elle un vague instinct de la vérité. Toujours est-il qu'elle se trouvait dans une singulière disposition d'esprit: elle eût voulu en connaître plus long, et elle cherchait d'en apprendre davantage.

Pendant les quelques heures que nous avons passées ensemble, elle revint plusieurs fois sur ce sujet, et à diverses reprises elle se montra disposée à provoquer des explications, devant lesquelles elle avait bientôt hâte de se dérober.

Quand je la quittai, elle était préoccupée et soucieuse.

—

Blanche a pénétré chez moi aujourd'hui pendant mon absence!...

Le bois me manquait pour notre embarcation, et j'étais allé dans la forêt, où je savais devoir en trouver. Quand je revins, Blanche était sortie, et je me dirigeai vers ma tente pour y déposer quelques outils.

Mais quelle ne fut pas ma surprise, en approchant de ma table, de découvrir sur le sol l'empreinte d'un pied plus grand comme celui d'un [illegible].

Le pied de Blanche!

Je restai frappé d'étonnement.

Quand je la revis, quelques heures plus tard, je la trouvai toute troublée. Je ne lui dis rien de ma découverte, et elle se tut sur le motif de sa visite.

Que dois-je en penser moi-même?

Il se passe quelque chose d'insolite dans le cœur de Blanche, mais qui m'apprendra la vérité?

—

Blanche a lu mon journal!

Je n'ai à ce sujet aucune certitude, mais son attitude, ses regards furtifs qu'elle tourne vers moi quand elle croit que je ne puis la surprendre, le soin qu'elle prend d'éviter la moindre allusion à notre conversation des jours passés, tout cela a formé en moi une conviction que rien ne pourra désormais ébranler.

C'est pour lire ces quelques pages, écrites dans la solitude de mes nuits inquiètes, qu'elle a pénétré chez moi... Le désir lui en était venu depuis quelques jours déjà; sa curiosité était ardemment éveillée; elle a voulu la satisfaire.

Maintenant elle sait que je l'aime.

Elle connaît cet amour insensé que je lui ai voué, et les défaillances et les espoirs dont je l'ai bercée.

Je ne sais plus que faire ni quelle contenance tenir.

Eh bien! qu'importe après tout?... Mon amour est pur et n'a rien qui puisse l'effrayer. Jusqu'à ce jour, j'ai contenu dans mon cœur l'expansion de ce sentiment dont il est rempli. Quelle vierge a jamais été aimée plus saintement?... Que béni soit Dieu qui lui a inspiré cette pensée! Elle me connaît tout entier; elle sait que mon respect égale mon amour, et que je meurs si je devais jamais offenser sa pudeur ou tromper sa confiance!

—

Blanche est toujours la même.

Il y a en elle un peu plus de réserve peut-être, mais c'est toujours la même sérénité candide.

La journée d'hier a été pleine d'enchantements pour moi.

J'avais souvent parlé à Blanche de cette fraîche oasis que j'ai découverte dernièrement, et au moment où je prenais mon fusil pour aller tirer quelques oiseaux, elle me proposa de m'accompagner.

J'acceptai avec empressement, et nous partîmes aussitôt.

Blanche portait un large chapeau qui la garantissait des ardeurs du soleil; ses cheveux tombaient en boucles blondines sur ses épaules, et sa beauté si pure recevait comme un nouvel éclat de cette parure originale.

Le ciel était éblouissant; il n'y avait pas la moindre brise dans l'air, et dès que nous nous fûmes engagés dans les sentiers de la forêt, des myriades d'oiseaux nous saluèrent de leurs cris variés et perçants.

L'oasis est située à trois quarts de lieue environ de notre habitation, et nous mîmes à peine une heure pour l'atteindre.

Blanche marchait mieux que je n'osais l'espérer; son petit pied s'appuyait ferme sur le sol, et je fus plus d'une fois obligé d'allonger le pas pour la suivre.

Quand nous arrivâmes à l'oasis, son étonnement dépassa de beaucoup celui que j'avais éprouvé la première fois.

Du haut du rocher que je lui avais fait gravir, nous apercevions le lac, dont les eaux transparentes et calmes réfléchissaient le bleu profond du ciel; mille arbustes enlaçaient leurs rives ombreuses de leurs fleurs écarlates, et sous les échappées de la forêt, qui formait au fond comme un dôme de feuillage, voltaient en s'ébattant les [illegible] ailés de ces solitudes.

A cette vue, Blanche jeta un cri vif et doux comme celui d'un oiseau, et battit des mains avec une joie enfantine.

— Oh! l'on voudrait vivre éternellement dans cette fraîche oasis, dit-elle, les mains jointes et les yeux au ciel.

— C'est le paradis terrestre, répondis-je.

— Et Dieu est un grand artiste, ajouta-t-elle.

Nous nous assîmes.

Il était [illegible].

Le soleil tamisait ses rayons à travers le feuillage épais, et en dépit de la cascade qui s'épandait autour de nous en poussière fine et blanche, l'air était chaud et lourd.

J'avais apporté une collation choisie dans mon carnier. Blanche mangea quelques fruits, et je croquai moi-même un biscuit, que j'arrosai d'un verre de bordeaux.

Puis, je m'éloignai quelques instants pour aller cueillir quelques fleurs dont l'éclat avait attiré l'attention de Blanche.

Quand je revins, elle s'était assoupie.

Mollement allongée sur l'herbe épaisse, la tête appuyée sur sa main, elle avait fermé les yeux, et son âme s'était envolée vers le pays des rêves.

Sa respiration, lente et régulière, soulevait doucement sa poitrine; ses cheveux dénoués inondaient ses épaules, et sa jupe, légèrement relevée, laissait voir la naissance de sa jambe fine et ronde.

Je n'osai m'approcher de peur de la réveiller, et pendant près d'une heure je restai debout à ses côtés, les joues brûlantes, le sein gonflé, l'esprit ardemment sollicité par toutes les tentations de mes vingt ans.

Oh! comme je l'aimais en ce moment, et de quelles ardeurs ne fus-je pas troublé...

—

Plus j'avance, plus je m'effraie!

Il y a en moi une violence sourde que je ne pourrai pas toujours maîtriser.

Je ne sais d'ailleurs ce qui se passe dans le cœur de Blanche, mais elle ne paraît pas se douter du désordre dont elle est cause, et cependant, depuis quelques jours, son attitude à mon égard à [illegible] change.

[illegible]

Voies efforts...

Elle devait être vaincue dans cette lutte inutile, et c'est entre deux éclairs que j'allais surprendre le secret qu'elle eût voulu cacher à Dieu même!

Pauvre Blanche!...

Quand elle eut compris que j'avais lu dans son cœur comme elle y lisait elle-même, quand elle ne put plus douter, à la joie qui éclatait dans tout mon être, que son secret m'appartenait désormais, l'énergie factice qui l'avait soutenue jusqu'alors sembla l'abandonner tout à coup; elle roula sa tête éperdue dans ses mains et se prit à fondre en sanglots!...

— Qu'ai-je fait? qu'ai-je dit? s'écria-t-elle d'un accent brisé; Georges, n'en croyez rien, ce n'est pas vrai!... Je ne le veux pas, entendez-vous?

J'éprouvai un affreux serrement de cœur à ces paroles, et j'eus peur de m'être trop tôt réjoui...

Mes yeux s'emplirent de larmes.

— Si vous le voulez, répondis-je à mon tour, j'oublierai tout; mais après ce que j'avais espéré un moment, je vais être bien malheureux.

En parlant ainsi, je me dirigeai doucement vers la porte.

Est-ce l'accent dont ces paroles étaient prononcées qui la toucha? Est-ce plutôt la pâleur...

[...]

La voix qui m'avait parlé m'était connue, en effet. Ce n'était pas la première fois que je l'entendais. Bon Dieu! quelques instants auraient suffi pour m'en faire perdre le souvenir.

Je ne pus fermer l'œil de la nuit; et, quand l'aube parut à l'horizon, elle me trouva agenouillé, les yeux baignés de larmes et récitant la prière des morts.

Cette voix que j'avais entendue, c'était celle de mon père!

X

...en tout n'ont eu pour effet de me rendre une partie de mon courage.

Le lecteur comprendra difficilement l'espèce de conviction qui se forma dans mon esprit au sortir de cette nuit étrange; mais je ne doutai pas une seconde que mon père ne fût mort, laissant ma malheureuse mère sans ressources et chargée d'une nombreuse famille.

O ma bonne et sainte mère!

Tout mon cœur se reporta vers elle; et le remords me saisit énergiquement quand je compris que j'avais perdu deux années au moins dans l'inaction la plus coupable, entièrement détournée par les préoccupations d'un amour qui n'avait en face que le bonheur pour excuse.

J'avais désormais un devoir sacré à remplir, et je ne voulus plus m'en laisser distraire.

À partir de ce jour, je me mis au travail avec une véritable fièvre.

son pluvieux et froide eût exercé une funeste influence sur ma santé, toujours est-il qu'au retour du printemps, et comme les premiers rayons du soleil semblaient me sourire et m'inviter, je tombai très sérieusement malade et me vis contraint de m'aliter.

Dire ce que j'éprouvai à ce moment et quel délire s'empara de moi, serait impossible.

Une surexcitation nerveuse gagna tous mes membres, le cerveau se prit avec une rapidité foudroyante, et je ne sais si je ne devins pas fou de douleur et de rage. Ce qu'il y a de certain, c'est qu'il se passa un laps de temps assez considérable, pendant lequel je n'eus pas une conscience bien nette de ce que je faisais. Je me levais la nuit, je ne mangeais plus, j'allais et je venais sans but, quelquefois pleurant à chaudes larmes, plus souvent le front baissé vers la terre, l'œil atone, les bras pendants le long du corps, abîmé dans une torpeur inflexible, à laquelle aucune fatalité, aucun souvenir n'aurait pu m'arracher.

J'avais oublié Blanche; je ne pensais plus à ma mère. Je n'avais ni force ni désir, et je ne retrouvais un peu de sensibilité que lorsque, de loin en loin, la fièvre se remettait à brûler mes veines ou à glacer mon sang...

Enfin, Dieu me fit la grâce de me rendre à la vie, et un matin je sentis tout à coup et presque sans transition, mes membres plus dispos et mon cerveau plus libre.

et que j'attendais avec des battements d'impatience l'instant de mettre à la voile.

Il n'en fut rien.

À cette heure, je me le rappelle comme si c'était hier, un sentiment domina tous les autres, et je n'éprouverai que ceux qui n'ont ni aimé, ni souffert, lorsque je dirai qu'au moment de m'éloigner pour toujours, j'éprouvai dans tout mon être le plus cruel déchirement qui puisse ébranler le cœur d'un homme.

Ô saintes aspirations de l'âme en face des grandes solitudes, calmes harmonies de la nature, sublimes spectacles de l'immensité, j'allais donc me soustraire à vos sereines et salutaires influences!

Là, mon cœur s'était rasséréné et fortifié, mes lèvres enivrées avaient effleuré cette belle coupe vermeille où souriait l'amour d'une vierge de seize ans!

Comment partir?... comment quitter ces rivages enchantés, quand tout y gardait encore l'empreinte de ces chastes et brûlants souvenirs?

Et quelles tristes réalités la vie devait-elle m'offrir en échange de vos divins mensonges?

Un désir immodéré me prit alors.

Je voulais revoir l'enclos, je m'enfonçai dans la forêt, je parcourus les sentiers étroits dans l'ombre épaisse avait souvent protégé notre marche; chaque détour, chaque carrefour me rappelait un incident de notre existence commune; je retrouvais là, écrits en caractères ineffaçables, tous les détails charmants de mon pauvre poème d'une heure!

La chaleur était accablante, mais je continuais toujours; le soleil tamisait ses rayons à travers les sentiers en fleurs; tout était calme; pas un souffle, pas un murmure; quand j'atteignis l'anse mystérieuse qu'elle était venue visiter avec moi, je m'arrêtai enfin, j'allai me reposer auprès de la cascade.

Tout se trouvait encore dans le même état que lorsque Blanche m'y avait accompagné; mais quel changement s'était fait en moi depuis ce jour! Je restai longtemps la tête dans les mains, la poitrine en feu, la gorge serrée, inquiet, haletant, oppressé, et quand je relevai le front, j'avais les yeux brûlés par les larmes!...

Adieu! Adieu! à l'ancienne théorie de mon rêve béni! m'écriai-je d'une voix brisée, je pars... je vous quitte... je ne vous verrai plus!... C'est ici que nos mains se sont cherchées pour la première fois; c'est là que nos regards se sont fixés, que nos cœurs se sont aimés. Frais vallons, sentiers ombreux, clairs ruisseaux, gardez longtemps l'empreinte de ses pas et le souvenir de sa pure image!... moi, je ne vous oublierai jamais!...

Je voulais m'éloigner... et je ne le pus...

C'était ma dernière journée... tout allait s'aliéner et bientôt disparaître dans ce pays que je m'apprêtais à fuir; et l'on eût dit que chaque minute, chaque seconde qui s'écoulait, m'apportait un regret nouveau ou une émotion inattendue.

En regagnant l'habitation, je longeai un moment le parterre où Blanche avait autrefois réuni les plantes les plus rares de l'île... Je l'avais bien négligé pendant ma maladie... et depuis plusieurs mois je n'y avais pas pénétré...

J'y entrai.

De toutes parts régnait un désordre qui faisait mal à voir... L'herbe poussait çà et là au milieu des plates-bandes, et les planches dessinées des arbustes décimées jonchaient le sol,

émotions qui avaient sillonné mon être quand, pour la première fois, mes lèvres se posèrent sur le front de Blanche?

C'était le même parfum pénétrant et doux, la même impression énervante et chaste. Il me sembla, même à cette distance, que je respirais encore le parfum de ses cheveux, et toutes mes chairs frissonnèrent comme au contact de sa peau fine et moite.

Je ne rentrai à l'habitation qu'au moment où le soleil inclinait déjà vers l'horizon; et comme je voulais me lever de grand matin pour profiter des premières brises, je me couchai dès mon retour, et je dormis profondément pendant une bonne partie de la nuit.

L'aube me trouva prêt.

Il faisait un temps splendide; ainsi que je l'avais pensé, la brise était fraîche et favorable.

Je me hâtai de monter dans l'embarcation, et détachant le câble qui la retenait au rivage, je présentai la voile au vent et ne tardai pas à m'éloigner.

La chaloupe, penchée à bâbord, se mit à filer avec une rapidité de bon augure, fendant vigoureusement les lames, et laissant derrière elle un sillage d'eau frémissante. Moi, j'étais debout à l'arrière et le visage tourné vers l'île que j'abandonnais; mais, à cette heure, j'eus satisfaction du cœur cet air triste dont parle Horace, et je la vis s'abaisser peu à peu, puis s'évanouir enfin tout à fait dans un pli de l'Océan, sans que le moindre émotion vint troubler mes réflexions.

Loin de là, quand je me trouvai seul au milieu de l'immensité, une sorte d'ivresse monta à mon cerveau, et ce fut comme un défi que je jetai à la destinée!... On n'explique pas un pressentiment!... À ce moment, j'étais convaincu que j'arriverais sain et sauf au but vers lequel je tendais.

Du reste, le ciel protégea bien vraiment mon entreprise.

En effet, mille dangers auraient dû m'incommoder durant cette traversée inouïe; j'avais à consulter des obstacles de toute nature; j'errais au hasard, et je n'avais aucune idée de la route que je suivais; le jour, j'allais au gré du flot et des vents; la nuit, après avoir plié ma voile, je me laissais bercer au mouvement des lames.

J'aurais pu donner contre quelque écueil; j'aurais pu être emporté par une de ces tourmentes si fréquentes dans ces parages dévorants. Mais aucun accident de cette nature ne vint me frapper, et, après dix jours et dix nuits d'une navigation sans sommeil, pendant laquelle je me fiais prudemment aller... enfin j'eus enfin le bonheur d'être aperçu par un baleinier qui faisait voile pour les îles Sandwich.

Les marins compatissent volontiers aux maux auxquels les expose leur carrière aventureuse; aussi fus-je accueilli à bord du baleinier avec les témoignages de la plus entière cordialité.

Le capitaine était un Breton de Vannes, et il voyageait depuis une quinzaine d'années. Quand il eut appris que j'étais Breton moi-même et marin, il m'entoura d'attentions et d'égards; il mit sa garde-robe à ma disposition, me demanda des détails sur la vie que j'avais menée dans mon île déserte, et nous vînmes à s'écouler ainsi, dans les épanchements d'une affectueuse intimité, les quelques jours que devait durer la traversée.

Mais j'avais hâte de prendre une autre route. C'était Calcutta et Saint-Jean-du-Doigt que je cherchais surtout à l'horizon; c'était Blanche, c'était ma mère au-devant de qui mon impatience m'emportait.

Calcutta!

Quand, après bien des traverses et des chemins dont le récit ne pourrait plus intéresser le

sans demander mon chemin, guidé par l'instinct de mon cœur, qui n'avait rien oublié, j'arrivai, au bout d'un quart d'heure, au seuil de cette demeure dans laquelle je n'avais pénétré qu'une fois, mais que je me rappelais encore dans tous ses détails.

Je sonnai, et presque aussitôt un Indien vint m'ouvrir.

J'étais ému; mon cœur battait à faire éclater ma poitrine.

— N'est-ce point ici la demeure de M. le comte de Roquebrune? demandai-je, la gorge serrée, et appuyé contre la porte pour ne pas tomber.

L'Indien ouvrit la porte toute grande, et m'invita du geste à le suivre.

Je ne comprenais pas bien ce qui allait se passer, et je ne saurais dire quelles pensées m'agitèrent en ce moment. Je n'avais pas d'ailleurs la conscience de mon état; j'allais comme en homme ivre, et je crois que, si j'avais rencontré Blanche tout à coup au détour d'une allée, je serais devenu fou, ou je serais mort de surprise et de joie.

L'Indien me fit traverser le jardin désert, et me conduisit de la sorte, sans m'adresser une seule parole, jusqu'à un pavillon d'apparence charmante, entouré de tous côtés des fleurs les plus éclatantes et des arbres au feuillage le plus épais.

Arrivé là, il s'arrêta; puis, ayant donné un signal, convenu sans doute entre lui et la personne que j'allais voir, il poussa une porte et me fit signe d'entrer.

Je pénétrai alors dans une petite chambre meublée à l'européenne. Au milieu de la chambre, il y avait une table sur laquelle s'élevait un vase de Chine, d'où retombaient des grappes de fleurs; au fond, j'aperçus un lit de repos; à droite et à gauche, quelques chaises de jonc tressé; enfin, contre le mur, en face de la porte, un portrait auquel je trouvai quelque ressemblance vague avec le comte de Roquebrune.

Une lampe brûlait sur la table, et, à côté de la lampe, il y avait un livre ouvert.

C'était l'admirable histoire de Paul et Virginie.

L'aspect de cette retraite était paisible et calme. On sentait qu'une femme l'habitait, en tout au moins que son esprit présidait à son ensemble.

Pendant que je m'abandonnais, avec un trouble qui protestait d'instant en instant, à l'examen de tous les objets qui ornaient la chambre, je n'avais point entendu des pas venir

Heureusement pour Blanche, le capitaine était un bon homme, et, bien qu'il dût refuser de la ramener à l'île, au moins lui accorda-t-il de la déposer dans un port d'où elle pourrait facilement gagner Sydney ou Calcutta.

C'est ainsi qu'elle était revenue.

Mais la pauvre enfant n'avait pas oublié le compagnon de sa solitude, et son premier soin avait été d'envoyer à sa recherche à travers l'océan Indien. Elle était riche, et elle pouvait facilement acheter le dévouement de quelques marins expérimentés. Seulement, là s'arrêtait son pouvoir: elle ignorait absolument de quel côté diriger les recherches, et, en l'absence de renseignements précis, il y avait peu de chances pour que l'entreprise réussît.

Bien des jours, bien des mois s'écoulèrent sans que l'on découvrît aucune trace, et, au bout d'une année, les marins revinrent découragés, renonçant à tenter de nouvelles excursions.

Déjà, d'ailleurs, Blanche était entourée d'anciens amis de son père qui ne la voyaient pas sans inquiétude s'éloigner d'un monde où son âge, sa fortune, sa beauté, l'appelaient au premier rang. En outre, on la réclamait en France avec les plus vives instances, et, quelques délais attendus encore, elle fut bientôt contrainte de céder aux obsessions dont elle était l'objet, et elle partit pour l'Europe, laissant Nouna, qui l'avait élevée et à laquelle elle avait ouvert son cœur, avec la mission de continuer les recherches et de me recevoir, si le ciel me faisait la grâce de me rendre au monde.

J'écoutai le récit de Nouna avec des larmes d'attendrissement, et quand elle eut achevé, je baisai ses mains, comme j'aurais baisé celles de Blanche.

J'étais heureux et j'étais triste, heureux d'apprendre que Blanche ne m'avait pas oublié et qu'elle m'aimait toujours, triste de la savoir loin de moi et dans un monde si peu fait pour comprendre l'amour qui nous liait l'un à l'autre.

Quoi qu'il en soit, et comme je n'avais aucune raison de rester davantage à Calcutta, j'allai aussitôt m'informer des bâtiments en partance pour l'Europe, et ce même jour, avant de m'endormir, j'avais pu fixer le jour de mon départ.

Seulement, désormais prudent, je pris une précaution qui ne me parut pas hors de propos.

Je fis de ma fortune deux parts: l'une, la plus forte, je la déposai chez le premier banquier de Calcutta, qui me donna en échange un bon sur la banque d'Angleterre, que je me hâtai d'expédier à ma mère par l'intermédiaire du curé de Saint-Jean-du-Doigt; quant à l'autre, je l'emportai avec moi, et celle-là je pouvais la perdre sans regret si je venais à sombrer dans la traversée.

Hélas! je craignais de ne pas arriver! Pouvais-je penser que j'arriverais trop tôt!

XI

Je débarquai au Havre le 8 juin 18... Il y avait cinq années que j'en étais parti.

Notre traversée avait été heureuse. Nouna m'accompagnait; elle n'était revenue à Calcutta que pour m'attendre.

Du moment qu'elle m'avait retrouvé, rien ne la retenait plus loin de sa maîtresse, et elle retournait à Paris, où elle devait la rejoindre.

La présence de Nouna à bord eut sur moi une influence des plus salutaires; elle m'aida à supporter les ennuis de ce long voyage, et calma bien souvent les vives impatiences ou les sourdes inquiétudes dont j'étais dévoré.

me séparait de Blanche, et que mille dangers pouvaient encore nous atteindre.

Ma joie fut donc grande, lorsqu'un matin, debout contre les bastingages du navire, je vis à travers les voiles de brume, que le soleil déchirait lentement à l'horizon, se dessiner les formes indécises et vagues d'une tour que mon regard ne pouvait hésiter longtemps à reconnaître.

La tour de François Ier était là, à quelques lieues devant nous, et deux heures à peine nous en séparaient.

Dès le matin même, je descendis à terre avec Nouna.

Nous étions convenus qu'elle partirait immédiatement et prendrait la route de Paris, tandis que, de mon côté, je me rendrais en Bretagne, où l'on avait dû prévenir un autre de mon retour.

Il m'en coûtait beaucoup, je l'avouerai en vain, de différer ainsi de quelques jours le bonheur qui m'attendait auprès de Blanche, et de prolonger encore une séparation qui déjà m'avait paru si longue; mais je m'étais juré d'aller offrir à ma mère mon premier baiser, et j'aurais considéré comme un sacrilège tout retard apporté à l'accomplissement de ce devoir.

Et puis, il faut tout dire, dès que j'eus mis le pied sur le quai du Havre, en me retrouvant au milieu de cette population affairée et égoïste, au sein de ces mœurs dont j'avais perdu l'habitude et le goût, un sentiment tout nouveau, et que je n'avais point encore éprouvé jusque-là, s'empara tout à coup de mon esprit, et j'en arrivai à sentir que je ne m'étais jamais trouvé si seul ni si abandonné dans l'île où je venais de passer deux années d'une complète solitude.

Les hommes que je rencontrais parlaient une langue que je comprenais à peine; ils étaient vêtus d'une autre façon que moi; à côté d'eux, je me trouvai gauche et emprunté, et cette confusion, qui après tout était insignifiante et pouvait d'ailleurs n'être pas fondée, m'inspira une tristesse sombre et sourde.

Je n'ai rien à dire de mon débarquement; il ne parut que je l'étais ridicule.

En embrassant Nouna, au moment de son départ, je ne pus m'empêcher de fondre en larmes. Elle-même cherchait à me consoler en me serrant les mains; mais elle pleurait comme moi, et nous aimons tous deux la même joie triste, peut-être les mêmes pressentiments.

— Adieu, Nouna! m'écriai-je hors de moi. Dis à Blanche, n'est-ce pas, que dans quelques jours je serai près d'elle; dis-lui combien j'ai souffert et combien je l'aime! dis-lui...

Nouna sourit à travers ses larmes.

— Laure aura tout cela, répondit-elle d'une voix lente et grave, et quand vous viendrez, ma maîtresse n'aura rien oublié.

— Au revoir donc, Nouna!

— Au revoir, monsieur Georges!

Quelques heures plus tard, je partais moi-même pour la Bretagne, et le lendemain j'arrivais à Morlaix.

Je n'ai pas besoin de dire quels sentiments m'assaillirent pendant le court trajet que j'eus à parcourir. La route m'était connue, et pour ainsi dire familière. Je revis, avec une joie ineffable, les paysages aimés de mon enfance, les champs que j'avais si souvent traversés autrefois, les chênes touffus, les genêts en fleurs, les landes âpres et mornes, où paissait un maigre et rare bétail.

Que de fois, abandonnant la maison paternelle, sans souci de l'inquiétude que j'allais causer à ceux qui m'aimaient, j'avais poussé jusqu'où mes excursions vagabondes! Là était l'endroit où je savais trouver des bêtes mères, plus loin, le voyer dans lequel je grimpais, au risque de me rompre le cou; ici, le clair ruisseau où j'étanchais ma soif pendant l'été; de ce côté, le bord profond, et à l'ombre de

Quelques paysans qui sortaient du bourg ou qui y rentraient me regardaient avec curiosité. Les uns me saluaient en passant, les autres s'éloignaient en remuant la tête; mais je ne pris garde ni aux uns ni aux autres, et, tout entier absorbé dans cette contemplation muette, je cherchai vainement du regard l'endroit où s'élevait la pauvre cabane où s'était écoulée mon enfance.

La cabane n'existait plus; mais à sa place avait été construite une petite maison dont la blancheur se détachait vaguement, avec ses murs blanchis à la chaux et ses volets verts, sur les habitations voisines.

J'éprouvai un serrement de cœur à cette vue: ce tableau ne confirmait que trop bien, en effet, mes plus funestes pressentiments. Il devenait évident que ma mère, chargée d'une nombreuse famille, épuisée peut-être par une longue maladie, avait dû vendre, à la mort de mon père, la cabane où elle était restée seule. Douloureux sacrifice, qui avait dû lui coûter bien des larmes! Mais qu'était-elle devenue, cependant? Où devais-je aller la chercher?

À ce moment, j'avais oublié Paris et je ne pensais plus à Blanche.

Je m'arrachai violemment de la place où je m'étais arrêté, et, si troublé jusqu'au plus profond de mon cœur, je m'élançai en avant et pénétrai dans le bourg.

J'arrivai en quelques minutes au seuil de cette maison que j'avais distinguée entre les autres, et, sans pouvoir dire à quel sentiment j'obéissais, je poussai la porte et j'entrai.

Un verger, ombragé de nombreux arbres fruitiers, entourait la maison. À droite, il y avait un petit jardin où croissaient des pivoines, des dahlias et des marguerites, entretenus avec soin; à gauche, une basse-cour avait été dessinée, où vivaient en bonne intelligence les poules et les coqs, mêlés aux pigeons et aux lapins.

Un chien dormait, paresseusement allongé le long de sa niche, à quelques pas de la porte; mon arrivée troubla un moment son sommeil; il releva sa tête intelligente et fine, m'examina un moment avec des yeux curieux et défiants, et finit par faire entendre un aboiement qui témoignait de sa vigilance.

À cet appel, plusieurs voix s'élevèrent de divers côtés du verger, et deux têtes éveillées sortirent tout à coup des bouquets.

Deux têtes de jeunes filles, brunes et jolies, qui se mirent à me regarder en rougissant. Pour elles, j'étais un inconnu, mieux que cela, un rôdeur, comme l'on dit dans nos campagnes, et je les vis presque aussitôt, après avoir échangé à voix basse quelques paroles, s'enfuir toutes vers la maison en se tenant par la main.

Je fis alors plusieurs pas pour les suivre; mais à leurs cris d'effroi, une troisième personne accourut à ma rencontre et je demeurai, cloué à ma place, sans force et ne pouvant proférer une parole.

C'était ma mère!

Aucun souvenir n'effacera celui-là de mon cœur, et je ne me rappelle pas avoir jamais éprouvé une pareille émotion ni un bonheur égal.

Je n'étais pas encore revenu de ma surprise, qu'elle était déjà dans mes bras et baignait mon front et mes cheveux de ses baisers et de ses larmes, en m'appelant des noms les plus doux.

Bonne et sainte mère! J'étais son chérubin, celui de ses enfants qu'elle aimait le mieux, sinon le plus... J'étais surtout, à ce moment, celui qui avait le plus souffert et qui lui avait coûté le plus de larmes.

— Ô Georges! Georges! murmura-t-elle à travers les sanglots de sa joie folle, c'est bien toi, n'est-ce pas? Mon Dieu! Il y avait si longtemps... et nous t'avions tous pleuré!... Il n'y a

C'est toi seul qu'il appelait à ses derniers moments! Son regard te cherchait partout... de grosses larmes coulaient de ses yeux, et c'est en murmurant ton nom qu'il nous a dit adieu!

Pendant que ma mère parlait ainsi, mes sœurs écoutaient silencieuses à ses côtés. Ce souvenir, subitement évoqué, était dans leurs cœurs, et elles vinrent bientôt mêler leurs larmes aux miennes.

Cependant l'heure s'écoulait; ma mère me conduisit à la chambre qui m'était destinée, et, pendant que mes sœurs s'occupaient de préparer le dîner, elle voulut me montrer la maison qu'elle occupait.

C'était, sans contredit, une des plus jolies habitations de Saint-Jean-du-Doigt.

— Combien je suis heureux, lui dis-je enfin en rentrant dans l'habitation, de vous savoir à l'abri de tout embarras... Le doigt de Dieu est dans tout ceci, n'en doutons pas, et c'est lui qui m'a fait trouver une fortune dans cette île, où je ne devais guère trouver que la mort.

Et comme je souriais en parlant de la sorte, ma mère me regarda étonnée:

— Une fortune? dit-elle, comme si elle eût cherché un sens à mes paroles.

— Eh! sans doute, continuai-je; n'avez-vous pas reçu de M. le curé une somme considérable?

— C'est vrai.

— Eh bien! n'est-ce pas avec cette somme que vous avez pu acheter...

— Cette maison?... interrompit ma mère... Mais il y a plus d'une année que nous l'habitons.

— Comment cela?...

— Tu ne viens donc pas de Paris?

— J'arrive du Havre.

Ma mère me prit les mains, m'attira contre son cœur, et baisa longuement mon front.

— Ah! c'est bien, cela, mon enfant, dit-elle avec un attendrissement singulier; c'est à ta mère que tu apportes ton premier bonheur... c'est bien, et cela te portera bonheur...

J'écoutais sans comprendre, et cependant mon cœur s'était pris à battre avec une violence inattendue...

— Qui donc voulez-vous que j'allasse embrasser avant vous? balbutiai-je intérieurement quelque peu confus.

Ma mère sourit avec finesse, et, se penchant doucement à mon oreille:

— Et Blanche?... murmura-t-elle à voix basse.

Je tutai me ni si épouvanté.

— Vous la connaissez? dis-je hors de moi.

— Sans doute, reprend-t-elle...

— Vous l'avez vue?

— Souvent.

— Ici!

— Oui, ici, dans notre pauvre cabane, quand nous étions encore bien malheureux... Elle est venue... seule... me parler de toi, me dire que tu vivais...

— O mon Dieu!

— Ah! c'est une bonne et excellente créature, Georges, et elle n'avait rien oublié de ce que tu as fait pour elle.

— Mais qu'a-t-elle dit?

— Voyons, mon enfant, nous parlerons de cela tout à notre aise. Voici tes sœurs, tes frères vont arriver... c'est aujourd'hui la fête de ton retour... tout à nous... et demain nous causerons de Blanche aussi longtemps que tu le voudras.

Je me laissai entraîner avec cette promesse, et toute la soirée s'écoula dans les doux épanchements de la famille.

Mais ma mère avait réveillé en moi un sentiment puissant, que je tentais vainement de faire taire depuis quelques jours. Quand je me retrouvai seul, l'image de Blanche accourut à mon chevet, et je ne pus fermer l'œil de la nuit.

Ainsi, elle était venue! Je lui avais si souvent parlé de mon pauvre bourg de Bretagne, que sa première pensée, en touchant le sol de la France, avait été pour les miens... Elle avait tout quitté pour me donner cette preuve de dévouement et d'affection.

Oh! comme je l'aimai durant cette nuit, et quels beaux rêves vinrent flotter autour de moi! Malheureusement le réveil était bien proche et la déception ne devait en être que plus cruelle!

Le matin, ma mère vint s'arrêter auprès de mon lit, et remarquant la pâleur de mon visage et la fatigue empreinte sur mes traits, elle remua doucement la tête et poussa un soupir.

Son front était moins radieux que la veille, et je crus même distinguer un certain embarras dans son maintien, comme aussi une inquiétude vague dans son regard.

— Tu n'as pas dormi, mon enfant! me dit-elle avec douceur.

— C'est vrai, répondis-je en accusant le front ou souriant.

... Tu as pensé à Blanche?

— Oui, ma bonne mère, et je ne veux pas vous le cacher, je vous attendais ce matin avec une vive impatience, pour vous demander l'explication de ce que vous m'avez dit hier.

Ma mère serra mes mains dans les siennes, et après s'être recueillie quelques secondes:

— L'explication est bien simple, reprit-elle à voix lente, et voici ce qui s'est passé: il y a dix-huit mois environ, Mme de Roquebrune vint nous trouver pour la première fois. Nous n'étions pas heureux à cette époque, et en voyant une belle jeune fille venir à toi, me sourire au cou et m'embrasser à plusieurs reprises, en m'écoutant m'annoncer que mon fils vivait, j'ai cru vraiment que j'avais affaire à une pauvre folle; mais elle m'expliqua alors le motif qui l'amenait, elle me raconta votre épouvantable naufrage, la mort de son père, puis votre vie à deux dans une île déserte, et même l'amour que ta discrétion et ton dévouement lui avaient inspiré.

La jolie enfant était si heureuse de me voir, qu'elle m'entretenait à tout propos en m'appelant sa mère et moi, je la laissais faire... elle me parlait de toi, et c'en était assez pour que je l'écoutasse à genoux sans l'interrompre. Enfin, elle me dit que je ne pouvais rester dans la pauvre cabane où elle me voyait, qu'elle avait donné des ordres en conséquence, et qu'elle entendait qu'on élevât à cette place même une maison où nous fussions très convenablement logés; et comme je me récriais à ces propositions insultantes, elle ajouta, en m'attirant dans ses bras: « Bonne mère, c'est votre fille qui le veut, et vous ne pouvez la refuser. »

Pendant que ma mère parlait ainsi, moi je joignais les mains, et des larmes abondantes baignaient mes joues.

— O Blanche! Blanche! m'écriai-je profondément troublé, il est donc vrai qu'elle m'aime et qu'elle ne m'a pas oublié... Et vous l'avez revue souvent, n'est-ce pas?

— Pendant une année, elle vint presque tous les mois s'informer de nous, veiller à notre bien-être et demander si nous n'avions reçu aucun avis qui nous parlât de toi.

— Et depuis?

— Voilà six mois qu'elle a cessé toute visite.

— Comment?

— Seulement, il y a quinze jours, en réponse à la lettre que M. le curé me remit et que je lui adressai, elle m'écrivit quelques lignes pour me dire qu'elle n'avait jamais douté de la bonté de la Providence, qu'elle comptait toujours sur ton retour, et que rien ne pourrait altérer la reconnaissance qu'elle t'avait vouée.

— Mais elle est peut-être malade!

— Elle ne nous en a rien dit.

— Elle n'aura pas voulu vous effrayer.

— Le crois-tu?

— Je ne sais... je cherche une raison à ce silence inexplicable.

— Il ne s'en trouve pas?

— J'en trouve mille, au contraire.

Ma mère se pencha sur mon oreiller.

— Et tu l'aimes toujours, n'est-ce pas? me dit-elle d'un accent pénétrant et doux.

... Oh! je l'aime plus que ma vie, m'écriai-je éperdument, en pensant à la joie du retour, pardonnez-moi, mais mon souvenir a quelquefois fait pâlir le vôtre.

Ma mère m'enveloppa alors d'un long regard plein de tendresse.

— Oui, dit-elle, cela doit être... et il faut que tu sois rassuré au plus tôt à ce sujet.

— Mais vous avez donc quelque sujet de crainte?

— Non, mon enfant.

— On vous a dit quelque chose?

— On ne m'a rien dit... Mais écoute-moi, Georges: tu nous donneras encore la journée d'aujourd'hui... on ne comprendrait pas ici, qu'après une longue absence, tu puisses nous quitter au bout de quelques heures... et je veux que l'on ne puisse pas douter de ton affection pour nous... M. le curé doit dire, ce matin, une messe pour le repos de l'âme de ton père... nous y assisterons tous... et nous prierons pour lui! Dans l'après-midi, nous irons visiter nos amis, ceux surtout qui ne nous ont pas abandonnés dans le malheur... et une fois ces devoirs accomplis, tu retourneras à Morlaix, d'où tu te rendras à Paris.

— Ah! vous êtes bonne, toujours!... dis-je en l'embrassant avec effusion.

Elle sourit à travers ses larmes.

— C'est que je suis ta mère, moi!... répondit-elle simplement.

La journée se passa comme l'avait dit ma mère; mais en dépit des distractions de toutes sortes qui m'attendaient ce jour-là, j'eus mille peines à dissimuler mon trouble.

Ma confiance avait été tout à coup ébranlée, et je me remis difficilement de l'émotion que j'en avais ressentie.

Maintenant, je craignais de partir; je redoutais de revoir Blanche, et je me demandais avec une sourde inquiétude quelle déception pouvait m'attendre à Paris, où j'allais me rendre.

Mais il fallait aller jusqu'au bout.

D'ailleurs, l'amour de ma mère pouvait s'être alarmé à tort, et un dernier espoir surnageait encore au-dessus de mes plus poignantes inquiétudes.

Le lendemain, de bonne heure, j'étais sur la route de Paris.

XII

Je ne connaissais pas Paris. Instinctivement, j'avais toujours eu peur de cette redoutable capitale, emblème de misère moderne qui dévore sans pitié le tribut humain que la province lui vend annuellement. J'y allais d'ailleurs avec de pénibles pressentiments, et quand je descendis dans la cour des messageries, et que je me trouvai tout seul au milieu de ce bruit et de ce mouvement auxquels j'étais complètement étranger, je ressentis ce même sentiment que j'avais ignoré naguère en débarquant au Havre.

Toutefois, je ne voulais pas me laisser abattre ainsi; rien ne me donnait lieu de penser que je dusse m'alarmer, et je pris même un certain plaisir à caresser une fois encore les espérances que je n'avais jamais évoquées en vain.

Dès mon arrivée, je m'habillai dans la hâte, et avec une précipitation qui semblait hâter la destinée, je me fis conduire aussitôt à l'adresse que Nouza m'avait laissée en partant.

Cette fois, j'allais revoir Blanche.

Après trois années de séparation, nous allions nous retrouver dans des conditions bien nouvelles pour l'un et pour l'autre: du premier regard, de la première parole devait dépendre le bonheur de toute ma vie!

Le moment était solennel, et j'envisageais bravement la gravité de ma situation. Il ne pouvait plus y avoir d'hésitation d'aucune sorte; il ne m'était plus permis de reculer, et quand j'atteignis le seuil de l'hôtel où je savais que Blanche demeurait, j'étais préparé à tout.

Il était trois heures de l'après-midi quand je m'arrêtai au numéro 95 de la rue de Lincoln... [la première] fois à Calcutta, enveloppée dans son châle blanc varié, et nonchalamment allongée dans un palanquin porté par quatre [indiens] au visage de bronze.

Blanche, la Blanche que j'avais connue, était devenue Mlle de Roquebrune.

J'étais [assis] sur une borne, au coin de la porte, et au lieu de m'élancer vers elle, je restai là, triste, morne, oppressé, n'osant faire un pas en avant, et ne pouvant me résigner à m'éloigner.

Elle cependant paraissait vivement absorbée par le manège du cavalier que j'avais remarqué moi-même, et elle s'abandonnait naïvement au plaisir de suivre les gracieux caprices de sa monture.

Son regard ne s'était pas tourné une seule fois de mon côté.

Nouza parut alors sous le péristyle de l'hôtel; et, descendant lentement les degrés de l'entrée, elle vint remettre à sa maîtresse une ombrelle et un cachemire qu'elle avait oublié.

On n'attendait vraisemblablement que cet objet pour donner le signal du départ; car, à peine furent-ils en la possession de Blanche, que le cocher [poudré] fouetta ses chevaux, et que la voiture, exécutant un demi-tour, gagna lentement la porte de l'hôtel.

Mais à ce moment un cri retentit dans la cour, et presque aussitôt je vis Nouza accourir vers moi. La bonne nourrice m'avait reconnu, et à mon nom, qu'elle venait de prononcer, Blanche avait fait arrêter la voiture.

Ce fut un événement.

Blanche avait sauté à terre, et pendant qu'elle venait à moi, les mains tendues, je vis la vieille et le cavalier qui se penchaient pour me regarder.

— Ah! Dieu a entendu mes prières! s'écria Blanche avec une effusion à laquelle je fus près de me laisser reprendre, il vous a rendu au monde, et il me réservait le bonheur de vous revoir. Mais venez, venez, je veux que vous me racontiez vous-même toute votre existence depuis le jour où je vous ai quitté. Nous irons au Bois; mais puisque vous voilà, je... et laissez-moi d'abord vous présenter à Mme la vicomtesse de Grandfort, ma tante, et à M. Anatole de Grandfort, mon cousin.

J'étais fort embarrassé de ma contenance. Ce n'est point ainsi que j'aurais voulu retrouver Blanche, et la présence de la vicomtesse, celle de son fils Anatole, me gênaient d'ailleurs plus que je ne saurais dire.

[Elle] m'accueillit avec galanterie(?) et honnêteté; [par] quelques paroles à peu près intelligibles.

Mais vous n'y pensez pas, chère tante, dit la vicomtesse d'un ton où perçait une pointe imperceptible d'ironie, et après m'avoir rendu mon salut du bout de son éventail: vous savez que nous dînons ce soir chez la baronne de Feltume avec Anatole; vous aurez demain tout le temps de voir M. Georges, et je sais bien qu'il ne voudrait pas vous priver de votre compagnie pour le plaisir de vous raconter ses histoires...

— Mais, ma tante... balbutia Blanche, au moins interdite.

— Mme Blanche n'est-elle donc pas libre? interrompit M. Anatole de Grandfort; et, vraiment, je vous trouve bien négligente, ma mère. Je comprends, moi, tout le plaisir que me causerait une pareille... [à] se rappeler les cruelles [illegible]

— Alors, à Jamais, monsieur Georges, et n'y manquez pas, car je vous attendrai.

Sur ces mots, elle m'adressa lentement un [salut], m'adressa un dernier geste d'adieu et un dernier regard, et partit, au grand trot des chevaux, dans la direction des Champs-Élysées.

Mon regard la suivit tant que je pus la voir, et quand elle eut disparu, je restai muet, l'esprit en proie à une profonde tristesse et ployant sous le poids d'un découragement tel que je n'en avais jamais éprouvé.

Il me semblait qu'un déchirement affreux se faisait en moi; mon cœur saigna dans ma poitrine, et je sentis un flot de larmes monter à mes yeux et m'étouffer. J'aurais voulu crier en pleurant; mais la présence du vicaire et de quelques valets de l'hôtel, qui me regardaient d'un air railleur, me rappela à la dignité de moi-même, et, par un effort surhumain, je les contins et me pris à sourire.

Heureusement que Nouza vint à mon secours.

Elle était là, et en me voyant pâle, sans force et sans voix, elle devina et comprit ce qui se passait dans mon cœur.

Elle m'entraîna vers sa chambre et je la suivis, sans trop savoir ce que je faisais.

— Ah! vous auriez dû vous croire! me dit-elle d'un ton de doux reproche, rien que nous nous retrouvâmes seuls. Blanche n'était pas méchante, et peut-être n'êtes-vous pas content de son accueil?...

— Moi?... répondis-je la gorge serrée, et pourquoi donc, ma bonne Nouza? Blanche a été, au contraire, très bienveillante; elle allait sortir et elle voulait rester: je dois lui savoir gré de ce bon mouvement.

La nourrice remua lentement la tête.

— Ce n'est pas cela, dit-elle, et je m'entends... Ah! nous ne sommes plus ici sous le ciel de l'Océan indien, et Mlle de Roquebrune est bien [changée] aujourd'hui; mais elle est bonne, monsieur Georges, et elle n'a oublié ni les bontés que vous avez eues pour elle, ni le dévouement que vous lui avez témoigné, et je suis certaine...

À ces paroles, à cet accent que prenait l'[ancienne] indienne en défendant sa maîtresse, je ne pus retenir mes sanglots et je fondis en larmes.

— Non, non, dis-je éperdu, ce n'est plus la Blanche que j'ai aimée et dont je conservais l'image si pure et si tendre dans mon cœur! Tout est fini, Nouza; je le sens à ma douleur, elle ne m'aime plus!...

— Pourquoi pensez-vous cela?

— Qui sait? elle ne m'aime [plus comme] je l'aime... Elle a aimé, sans doute, M. Anatole de Grandfort! Tenez, il y a des moments, où il me semble que je vais le haïr!

— Monsieur Georges!

— Ah! mais je souffre, Nouza... Moi, je n'avais qu'une pensée, qu'une ambition, qu'un bonheur: la revoir, lui dire que je l'aime toujours, comme je l'aimais autrefois... Je croyais la retrouver comme autrefois... Elle me l'avait promis... Que vais-je devenir maintenant? J'ai tant souffert déjà!... Dire une seule... devait de m'épargner cette cruelle déception. Ah! comment a-t-elle pu oublier si vite? car elle m'aimait, n'est-ce pas, elle me l'a dit!

— [Pourtant].

— Mais elle est venue dans ce Paris maudit! Elle était belle, jeune, riche, riche [illegible]... [et comme une digue percée de] mille traits, et qui ne peut garder ce qu'on lui confie! » Ô fragilité des sentiments humains! Il lui avait suffi de quelques mois pour laisser échapper et se perdre les tendres souvenirs de notre passé! Elle vivait maintenant d'une autre vie, elle s'abandonnait à un autre amour!

Ah! aujourd'hui encore, la plume tremble dans ma main et ma poitrine se soulève avec colère. Rachel! Blanche! Elle ne savait pas même ce que m'avait coûté de tortures et de larmes ce chaste sourire dont s'ouvrait son [ironie] dérision! Elle m'eût ainsi daubé(?) si je l'avais moins respectée!

C'est en vain que Nouza essayait de me calmer; j'avais depuis trop longtemps ressenti ses amours funestes; il s'épanchait maintenant comme une lave brûlante, et je me sentais dévoré de mille feux.

Et puis, qu'avais-je à craindre, puisque je n'espérais plus?... Aucun malheur ne pouvait désormais m'atteindre, dans l'isolement où me laissait l'abandon de Blanche, et je défiais toute nouvelle déception, du fond de l'abîme où j'étais tombé.

— Non, ne cherchez pas à me tromper, dis-je après un long silence, pendant lequel j'avais à [plusieurs] reprises repris [raison] une tête dans mes deux mains par un goût de lutte douloureuse; à quoi bon me rattacher à un dernier espoir, qui se briserait comme les autres?... Je vais aujourd'hui tout ce que je dois savoir... Blanche ne m'aime plus, et elle en aime un autre!... Oh! mon cœur mignard(?), je pleurerai longtemps cet amour perdu qui devait faire le joie de ma vie! Mais je suis homme, je serai fort, et j'envisagerai l'avenir en face!... Revenez-moi donc, Nouza, et quand vous reverrez Blanche, dites-lui tout ce que vous devez lui dire: venez, je quitterai Paris: je ne veux plus le revoir; je l'aime encore trop et je ne le suis pas prêt pour désirer une dernière entrevue... Je retournerai auprès de ma mère; il me semble qu'une fois là je serai moins malheureux... Dites à Blanche que je la pardonne... que je comprends que nous n'étions point faits l'un pour l'autre... Elle est née dans un monde aristocratique, moi, je suis le fils d'un pauvre pêcheur. Le hasard, en nous rapprochant, avait mis en nous un sentiment que nous croyions commun, mais le hasard s'était trompé. Je l'ai compris le premier, et je la romps à sa [fierté], si toutefois elle s'est jamais crue liée par un pacte quelconque... Vous ne lui direz rien de plus, Nouza! C'est son [âme] la mienne que je ne veux, et j'apprends qu'elle est [heureuse], et je bénirai encore le ciel, car je pourrai même une contribution d'avoir concouru à son bonheur...

Je me tus alors, et Nouza garda le silence. Elle n'avait ni me donner raison, ni prendre la défense de sa maîtresse; mais son silence même était une confirmation de mes accusations.

— Ah! je vous plais, monsieur Georges, dit-elle enfin en me tendant la main, car vous allez être bien malheureux!

— Qu'elle ne le cache jamais sérieux!... m'écriai-je avec feu.

— Au moins, ne voulez-vous rien emporter qui vous rappelle cette qui vous aimez?

— J'emporte mon amour, Nouza... une image [illegible]... Anatole de Grandfort, j'aurais donné un libre cours à ma fureur.

Au fond de mes sentiments les plus sincères, au fond de mes douleurs les plus réelles, il faut qu'il y ait toujours une question d'amour-propre, et, en ce moment, c'était peut-être moins encore mon cœur que ma vanité qui était en jeu.

J'étais malheureux, sans doute, mais je me trouvais surtout ridicule; on m'avait blessé, humilié, et, comme le héros d'un drame célèbre de l'école romantique, je me disais, les dents et les poings serrés, qu'ils riaient donc entre deux baisers!...

Je passai une nuit pleine de délire et de fièvre; mon sang brûlait mes veines; je pleurais, je mordais mes draps avec rage, et j'appelais Blanche de tous les vœux de mon âme. Tour à tour menaçant ou suppliant, je lui rappelais les souvenirs de notre amour, les suspectes dont

je l'avais entourée, et les tendres aveux qui lui étaient échappés.

Je commençai vingt lettres destinées à l'attendrir et à la ramener à moi, mais aucune ne me satisfait; je trouvais les unes trop froides, les autres me semblaient trop violentes. Ce ne fut que vers le matin, et comme le jour éclairait déjà les vitres de ma fenêtre, que, brisé par la fatigue, les yeux brûlés par les larmes, le cœur déchiré par mille émotions poignantes, je me laissai tomber sans force et sans voix sur mon lit, où je pus enfin goûter un peu de sommeil.

Quand je me réveillai, mon âme s'était calmée ou partie, et je pus envisager ma position avec plus de calme.

Du reste, je n'avais pas deux partis à prendre: Blanche ne m'aimait plus, je n'avais plus rien à faire à Paris, et mon devoir, comme l'intérêt de ma dignité, m'ordonnait de partir et de reprendre le chemin de la Bretagne.

Ce fut le seul voyage que j'aie jamais fait à Paris. J'étais arrivé la veille, je m'éloignai le lendemain même: j'y étais à peine resté vingt-quatre heures.

XIII

« Lisbux(?), je vous pardonne! »

« J'avais quitté Paris, l'âme déchirée; je vous aimais trop pour m'aimer, sans désespoir, à la perte d'un amour sur lequel reposaient mes plus doux rêves d'avenir, et ce n'est qu'après avoir lutté vaillamment contre moi-même que je retrouve enfin un peu de calme, et que je puis voir clair en mon cœur, dont les révoltes sont aujourd'hui apaisées.

« Je ne veux aucun pas, Blanche; et si, en [m'ôtant] votre amour, vous avez fait quelque chose pour votre bonheur, j'en bénirai le ciel dans mon cruel isolement.

« D'ailleurs, je le sens bien maintenant, vous ne pouvez pas m'aimer comme je vous aime moi-même; la connaissance et le trouble que j'ai éprouvés en vous retrouvant dans votre hôtel du faubourg Saint-Germain m'ont éclairé sur la perception que j'avais nourrie jusqu'alors, et j'avais compris que cette affection [illegible]